KB033134

빛은 저울로 달 수 없다

퍼펙트 크라임

3

임재도 지음

세창미디어

퍼펙트 크라임 ❸
-빛은 저울로 달 수 없다

펴낸날 | 2007년 10월 20일 초판 인쇄
2007년 11월 1일 초판 발행
지은이 | 임재도
펴낸이 | 이방원
펴낸곳 | 세창미디어
주 소 | 서울시 서대문구 냉천동 182 냉천빌딩 4층
전 화 | 723-8660 팩 스 | 720-4579
e-mail | sc1992@empal.com
http://www.scpc.co.kr
신고번호 | 제300-1998-3호

값 10,000원

잘못 만들어진 책은 바꿔 드립니다.

ISBN 978-89-5586-071-9 03810
ISBN 978-89-5586-072-6 (세 트)

퍼펙트 크라임 = Perfect crime. 3 / 임재도 지음.
— 서울 : 세창미디어, 2007
p. ; cm

ISBN 978-89-5586-071-9 03810 : ₩10000
ISBN 978-89-5586-072-6 (세 트)

813.6-KDC4
895.735-DDC21   CIP2007003197

차 례

먼 지평선 위로 핏빛 태양이 솟아오르고 있었다. 빛나는 갈기의 얼룩말은 지친 눈을 들어 끝없이 펼쳐진 메마른 초원을 굽어보았다
고 있었다. 빛나는 갈기의 얼룩말은 지친 눈을 들어 끝없이 펼쳐진 메마른 초원을 굽어보았다. 비가 내린 때가 언제였던가. 그의 발
친 눈을 들어 끝없이 펼쳐진 메마른 초원을 굽어보았다. 비가 내린 때가 언제였던가. 그의 발아래에는 어제까지만 해도 그를 따르던
친 눈을 들어 끝없이 펼쳐진 메마른 초원을 굽어보았다. 비가 내린 때가 언제였던가. 그의 발아래에는 어제까지만 해도 그를 따르던
얼룩말은 지친 눈을 들어 끝없이 펼쳐진 메마른 초원을 굽어보았다. 비가 내린 때가 언제였던가. 그의 발아래에는 어제까지만 해도
있었다. 빛나는 갈기의 얼룩말은 지친 눈을 들어 끝없이 펼쳐진 메마른 초원을 굽어보았다. 비가 내린 때가 언제였던가. 그의 발아
평선 위로 핏빛 태양이 솟아오르고 있었다. 빛나는 갈기의 얼룩말은 지친 눈을 들어 끝없이 펼쳐진 메마른 초원을 굽어보았다. 비가
의 하나가 쓰러져 있었다.먼 지평선 위로 핏빛 태양이 솟아오르고 있었다. 빛나는 갈기의 얼룩말은 지친 눈을 들어 끝없이 펼쳐진
까지만 해도 그를 따르던 일행 중의 하나가 쓰러져 있었다.먼 지평선 위로 핏빛 태양이 솟아오르고 있었다. 빛나는 갈기의 얼룩말은
제였던가. 그의 발아래에는 어제까지만 해도 그를 따르던 일행 중의 하나가 쓰러져 있었다.먼 지평선 위로 핏빛 태양이 솟아오르고
을 굽어보았다. 비가 내린 때가 언제였던가. 그의 발아래에는 어제까지만 해도 그를 따르던 일행 중의 하나가 쓰러져 있었다.먼 지
들어 끝없이 펼쳐진 메마른 초원을 굽어보았다. 비가 내린 때가 언제였던가. 그의 발아래에는 어제까지만 해도 그를 따르던 일행 중
갈기의 얼룩말은 지친 눈을 들어 끝없이 펼쳐진 메마른 초원을 굽어보았다. 비가 내린 때가 언제였던가. 그의 발아래에는 어제까지
아오르고 있었다. 빛나는 갈기의 얼룩말은 지친 눈을 들어 끝없이 펼쳐진 메마른 초원을 굽어보았다. 비가 내린 때가 언제였던가. 그
위로 핏빛 태양이 솟아오르고 있었다. 빛나는 갈기의 얼룩말은 지친 눈을 들어 끝없이 펼쳐진 메마른 초원을 굽어보았다. 비가 내린
었다.먼 지평선 위로 핏빛 태양이 솟아오르고 있었다. 빛나는 갈기의 얼룩말은 지친 눈을 들어 끝없이 펼쳐진 메마른 초원을 굽어보
가 쓰러져 있었다.먼 지평선 위로 핏빛 태양이 솟아오르고 있었다. 빛나는 갈기의 얼룩말은 지친 눈을 들어 끝없이 펼쳐진 메마른 초
태양이 솟아오르고 있었다. 빛나는 갈기의 얼룩말은 지친 눈을 들어 끝없이 펼쳐진 메마른 초원을 굽어보았다. 비가 내린 때가 언제
기의 얼룩말은 지친 눈을 들어 끝없이 펼쳐진 메마른 초원을 굽어보았다. 비가 내린 때가 언제였던가. 그의 발아래에는 어제까지만

제3부

빛은 저울로 달 수 없다

창과 방패

사건의 실체와 원인, 본질에 접근해야 한다. 그러나 사건의 실체는 여전히 안개 속에 가려져 있었다. 정시영 기자는 혼란에 빠져 있었다.

처음에는 최경호가 범인으로 쉽게 귀결되는 되는 듯했다. 그러나 베일 속에 가려진 음성메시지의 두 번째 정보로 김준하라는 의외의 인물이 범인으로 지목되어 전격적으로 체포되었다. 그리고 오늘 공판에서 김준하와 정해현의 연결고리가 밝혀졌다. 여기에는 분명 아직 수사기관이 밝혀내지 못한 다른 문제점이 있는 것임에 틀림없다.

이제 누가 범인인가 하는 문제가 아니라 피살자와 김준하, 그리고 정해현 사이에 어떤 일이 있었느냐 하는 문제가 사건의 본질에 접근하는 길이 될 것이다. 오늘 공판에서 김준하의 전과에 나타난 상해 사건과 국가보안법위반 사건의 실체가 드러났다. 그러나 공판에서의 피고인의 진술대로, 어쩌면 이 두 사건이 살인의 동기가 아닐지도 모른다. 이제 누가 살인자이냐의 여부를 떠나 적어도 이 사건에서의 살인의 동기는 다른 곳에 있을지도 모른다. 사건의 실체와 원인, 본질을 알아내기 위해서는 그것을 찾아내어야 한다.

오후 시간 내내 법정에서의 공방을 지켜보고 있던 정시영 기자는 우선 공판과정에서 밝혀진 사실을 확인해 볼 필요가 있다고 생각했다. 그는 법정에서 나오자마자 곧바로 정해현의 의원사무실로 전화를 걸어, 김준하의 진술과 관련한 정해현 본인의 인터뷰를 요청했다.

방송국으로부터 인터뷰 요청 전화를 받은 후, 정해현은 이제 최경호를 정리해야 할 시기가 왔다고 결심했다. 어쩌면 진짜 살인자일지도 모를 최경호를 곁에 두었다가는 언젠가는 큰 탈이 날 것이다. 그런데 최경호가 모든 사실을 알고 있는 것이 문제였다. 최경호가 지난 일을 발설해 버린다면 국회의원으로서의 그의 도덕성은 치명적인 타격을 받을 것이다. 이럴 경우, 앞으로의 그의 정치생명도 끝이다.

그렇다면 최경호의 입을 철저히 봉하든가, 아니면 최경호가 발설해도 그가 타격을 받지 않을 방안을 강구해야 했다. 최경호의 입을 봉하기 위해서는 끊임없이 사탕을 주어야 할 것이다. 사탕을 주게 되면 언제까지나 그는 최경호에게 끌려 다녀야 할 것이다. 살인을 했을지도 모를 최경호가 얼마나 많은 사탕을 요구할 것인가. 끝내는 그의 목을 죄고 들어올 것이다. 최경호를 정리해야 한다. 최경호도 정리하고, 과거의 일도 깨끗이 정리하는 방법, 이제 그 시기가 다가온 것이다.

정해현은 다시 한 번 자세를 가다듬었다. 이미 카메라는 그의 얼굴을 정면으로 응시하고 있었다.

어떤 표정을 지어야 할까. 터무니없는 사실에 대하여 분개하는, 가장 극적인 장면을 어떻게 연출할 것인가. 그나마 선거가 끝난 시점이었다는 것이 정말 다행이었다. 만약 이 같은 일이 선거운동기간에 불거졌다면 어떻게 되었을까. 그는 이기지 못했을 것이다. 생각할수록 끔찍한 일이었다. 그러나 선거는 이미 끝났다. 그리고 그는 당선되었다. 명실공히 재선의 국회의원이 된 것이다. 김준하가 법정에서 아무리 당시의 사건이 조작이라고 하여도 누가 그 말을 믿을 것인가. 이미 삼십년 전에 있었던 그 일을 어떻게 증명하겠는가.

드디어 TV에서 정해현의 인터뷰 뉴스가 시작되고 있었다.

― 다음 소식입니다. 오늘 김인환 당선자의 살해혐의로 기소된 피고인 김준하에 대한 공판이 열렸습니다. 오늘 공판에서 피고인 김준하의 변호인은 동피고인의 과거 상해 및 국가보안법위반 사건은 이 사건의 피살자인 김인환 당선자와 정해현 의원 및 최경호 보좌관, 그리고 같은 피고인 박형기의 조작에 의하여 누명을 쓴 것이라고 주장하였습니다. 이에 검찰은 최경호와 박형기를 증인으로 신청하였습니다. 앞으로의 공판이 어떻게 진행될지 그 귀추가 주목되는 부분입니다. 이와 같은 변호인의 주장에 대하여 정해현 의원의 말을 직접 들어 보겠습니다. 정해현 의원의 사무실에 나가 있는 정시영 기자를 불러보겠습니다. 정시영 기자, 나와 주세요.

– 여기는 정해현 의원의 사무실입니다. 먼저 오늘 공판에서 김준하 씨의 변호인이 주장한 사실에 대한 정해현 의원의 말을 직접 들어보겠습니다.

– 그것은 한마디로 터무니없는 사실을 날조하는 것입니다. 저는 이로 말미암아 저의 명예와 도덕성을 실추시킨 김준하 씨와 그의 변호인에 대하여 명예훼손의 고소는 물론 취할 수 있는 모든 법적 조치를 강구할 것입니다.

– 당시의 사건에 정해현 의원님과 최경호 보좌관, 그리고 김인환 당선자가 연루된 것은 사실입니까?

– 연루라니요? 그때의 사건은 저와는 아무런 관련이 없습니다. 만약 김준하 씨의 말대로 최경호 보좌관이 스스로 자해를 하였다면, 그것 또한 비난받아 마땅하겠지요.

– 김준하 씨의 국가보안법위반 사건과는 어떤 관계가 있는 것인가요?

– 그 사건은 당시 김준하 씨가 북한에서 남파된 인사로부터 지령을 받고 학내의 불법시위를 주동했던 사건입니다. 그리고 그와 같은 행위를 알고 이를 수사기관에 제보한 사람이 최경호 보좌관이었던 것으로 알고 있습니다. 아마도 김준하 씨는 그러한 행위를 한 최경호 보좌관과 당시 그 사건을 담당했던 검사인 김인환 씨에게 앙심을 품고 살인을 저지른 것으로 보이는데, 정말 무서운 일입니다. 정말 소름끼치는 일입니다. 그런데도 살인을 한 그 사람은 반성을 하고, 용서를 구하기는커녕 오히려 고인과 본인을 범죄인으로 만들고자 합니다. 그 사람의

행위에 대해 분노를 금할 수 없습니다. 이러한 행위는 결코 용서받을 수 없을 것입니다. 그 사람은 살인을 한 것만으로도 모자라 저와 이미 고인이 된 사람의 명예를 실추시키는 천인공노할 행위를 저지르고 있습니다. 이는 도저히 용서할 수 없는 범죄행위입니다. 다시 한 번 말하지만 나는 김준하 씨와 그의 변호인에 대하여 제가 할 수 있는 모든 법적 수단을 강구할 것입니다.

– 최경호 보좌관에게는 이와 같은 사실을 확인하였습니까?

– 너무도 명백한 거짓말에 대하여 일일이 대응할 필요가 어디 있겠습니까. 그러나 덧붙여 말씀드리지만, 오늘 저는 최경호 보좌관을 직위 해제하였습니다. 만약 피고인의 말이 조금이라도 사실이라면, 이러한 비도덕적인 행위를 한 사람이 국민의 공복인 국회의원의 보좌관으로 있다는 것 또한 용납되어서는 안 되는 일입니다. 그래서 본인은 그 사실의 진위 여부를 떠나 이러한 문제를 야기한 책임을 물어 최경호 보좌관을 직위 해제하였습니다. 이상입니다.

– 이상 정해현 의원의 사무실에서 KNB뉴스 정시영입니다.

직위 해제라니….

최경호는 인터뷰를 하는 정해현의 입에서 나온 말을 도저히 믿을 수가 없었다. 이제까지의 모든 노력은 물거품이 되고 말았다. 정해현을 통하여 그 자신 또한 언젠가는 국회의원이 되겠다는 일념으로 보낸 모욕과 굴종의 시간이었다. 그 모든 인내와 노력이 한 순간에 사라져버렸다. 고등학교 때부터 정해현을 위하여 공작을 하고, 법정에서 위증을 하고, 심지어 자신의 생명을 걸고서 자해를 하기까지 한 그였다. 삼십년이 넘는 시간 동안, 오직 정해현만을 추종하면서 살아온 그였다. 정해현이 시키는 일이라면 어떤 일이라도 감수해 왔던 그였다.

그런 나를 내쫓다니! 한 마디 말도 없이 일방적으로 나를 내쫓다니!

도저히 참을 수가 없는 일이었다. 최경호는 정해현에 대한 적개심과 배신감으로 몸을 떨었다.

인터뷰를 마친 방송국 기자가 돌아가자마자, 최경호는 곧바로 정해현의 방문을 부술 듯이 차면서 들어갔다.

– 직위 해제라니? 그게 무슨 말이야?

이미 적개심과 배신감에 사로잡힌 최경호에게는 정해현이 국회의원으로서 그가 추종하는 상관이 아니었다. 단지 함께 어울려 다니면서 나쁜 짓만 골라서 했던 고등학교 동창생일 뿐이었다.

– 진정해 임마.

– 내가 진정하게 됐어?

– 그러면 정신이상에다 살인까지 한 자식을 보좌관으로 두란 말이야?

– 뭐라고? 정신이상? 살인자?

– 나는 알아, 임마. 김준하는 김인환을 죽이지 않았어. 바로 네가 죽인거야. 도대체 어떻게 살인할 생각까지 했어? 네가 제정신이야?

– 뭐라고? 이젠 너까지 날 살인자라고 하는 거야? 그래, 내가 살인을 했다고 치자. 그러면 그 살인은 누구를 위한 살인이니? 바로 너를 위해서야 자식아.

– 미친 놈. 삼십년 동안이나 빌붙어 온 녀석을 먹여주고, 입혀 줬더니만, 이젠 아예 나를 죽이려고 작정한 모양이구나. 야, 이 자식아! 누가 너더러 살인을 하래. 정신이 나가도 보통 나간 놈이 아니구나.

– 이젠 알겠어. 김인환을 죽인 자는 바로 너구나. 정말 김준하가 죽인 것으로 알았더니만, 네가 죽인 것이구나. 누구를 시켜서 죽인 거니? 그러고서 나를 살인자로 몰아 이젠 내치려 하는 것이고. 내가 그냥 있을 것 같아. 네 과거를 모조리 까발리고 말겠어. 이제까지 너와 김인환이 한 일을 모조리 까발리고 말겠어.

– 야, 이 자식아. 보좌관에서 쫓겨난 보복심에서 하는 네 말을 누가 믿을 것 같아. 내가 그런 생각도 하지 않고 널 자르는 줄 알아. 괜히 문제를 복잡하게 얽히게 하지 말고, 조용히 쉬고 있어. 필요하면 부를 테니까. 괜히 입을 나불거리다가 네 목숨도 부지하지 못해.

– 너, 이 개자식!

– 입에 게거품 물지 말고 빨리 나가 봐. 통장에 돈 좀 넣어 놨으니까 당분간 쉬고 있어.

– 좋아. 누가 이기나 해보자. 나는 잃을 게 없는 사람이야. 그러나 너는 그렇지 않을 걸. 누가 후회하나 두고 보자.

– 두고 보자는 놈치고 무서운 놈 하나도 없더라. 괜히 까불다가 다치지 말고 조용히 있어. 오늘 이 자리에서 욕한 것은 그 동안의 정리를 봐서 참아 준다. 하지만 앞으로 계속 이따위 짓을 하는 경우엔 가만 두지 않는다. 빨리 나가 봐.

– 이 나쁜 놈의 새끼! 내가 그냥 있나 두고 봐.

정해현의 방에서 쫓겨나다시피 한 최경호는 사무실을 나와 무작정 걷기 시작했다. 김준하가 체포됨으로써 모두 끝날 것 같던 일이 이렇게 꼬일 줄이야. 정해현이 자신을 내칠 줄은 꿈에도 생각하지 못했다. 오히려 그 동안의 노고에 대한 대가가 있을 것으로 은근히 기대하고 있었다.

그런데!

최경호의 머릿속이 하얗게 텅 비고 있었다. 그의 심장은 오직 정해현에 대한 복수심으로 불타오르고 있었다.

법정은 여전히 어둡고 침울했다. 기영은 법정에 들어서자마자 방청석을 둘러보았다. 그가 찾는 사람은 오늘도 보이지 않는다.

– 모두 일어나 주십시오.

판사의 입정을 알리는 정리의 말이 아득하게 들렸다. 기영은 천천히 심호흡을 했다.

오늘은 또 어떤 징소리를 내야 하나. 용훈의 꽹과리는 어떤 소리를 낼까? 이제 용훈의 꽹과리는 창날처럼 파고들 것이다. 그 창끝을 막아 낼 방법은 무엇인가? 어떤 방패를 들어야 할까?

곽판사 : 지난 공판에서 검찰측이 신청한 증인신문을 하도록 하겠습니다. 먼저 증인 최경호, 출석하였나요?

최경호 : 예.

기영은 방청석에서 일어나는 최경호를 보았다. 최경호가 방청석에서 걸어 나와 증인석에 섰다. 나이가 들어 살이 오른, 네모진 얼굴 근육이 씰룩해져 있었지만 당장 알아볼 수 있었다. 고등학교 교복 대신 양복을 입었을 뿐, 최경호의 얼굴에는 여전히 불량기가 흐르고 있었다. 그때 그 따까리 녀석의 비굴함이 속을 메스껍게 했다.

최경호의 네모진 각진 얼굴에 박힌 눈이 기영과 용훈을 보는 순간, 가늘게 떨리고 있었다.

곽판사 : 증인은 거짓말을 하는 경우, 위증의 벌을 받게 됩니다. 증인은 선서해 주십시오.

최경호 : 양심에 따라 숨김과 보탬이 없이 사실을 말하고 만일 거짓말이 있으면 위증의 벌을 받기로 맹세합니다.

곽판사 : 검사는 신문해 주십시오.

용훈이 꽹과리, 아니 창을 들고 나선다.

김용훈 검사(증인 최경호에게)

문 : 증인은 피고인 김준하를 아는가요?

답 : 예.

문 : 과거에 피고인 김준하와 증인, 국회의원 정해현은 같은 고등학교 같은 반이었지요?

답 : 예.

문 : 피고인과 증인이 고등학교 이학년 때, 증인과 피고인이 싸움을

하여 피고인이 소년원에 간 사실이 있지요?

답 : 예.

문 : 당시 사건에서 피고인이 증인을 칼로 찔러 상해를 가한 것으로 되어 있는데, 그 사건의 내막에 대하여 증인은 아는가요?

답 : 예.

문 : 피고인은 당시 사건에서 자기가 증인을 칼로 찌른 것이 아니라, 증인이 자해를 했다고 진술했는데, 그것이 사실인가요?

답 : 예.

문 : 무엇 때문에 자해를 했나요?

답 : 정해현이 시켜서 한 일입니다.

문 : 정해현이란 얼마 전 국회의원 선거에서 당선된 정해현 의원을 말하는가요?

답 : 그렇습니다.

문 : 당시 사건의 경위에 대하여 자세히 말해 줄 수 있는가요?

답 : 당시 고등학교 이학년이 되어 반장선거가 있었는데, 피고인이 반장으로 선출되었습니다. 그런데 정해현이 피고인에게 반장을 사퇴하라고 하였으나 말을 듣지 않았습니다. 그래서 저와 정해현 등 몇 사람이 피고인을 폭행으로 제압하려 하였으나 이길 수가 없었습니다.

문 : 정해현과 증인 등 몇 사람이 함께 대항해도 피고인 한 사람을 이길 수가 없었다는 말인가요?

답 : 예, 당시 피고인이 무슨 운동을 했는지는 몰라도 여러 명으로도 피고인 한 사람을 이길 수가 없었습니다. 그래서 정해현이 일부러 날

짜를 정해 피고인에게 시비를 걸어 싸움을 유도한 후 저에게 자해를 하도록 시켰습니다.

　문 : 증인은 당시 어떤 방법으로 자해를 하였나요?

　답 : 제가 미리 준비한 칼로 저의 배를 찔러 자해를 하였습니다.

　문 : 그러한 모든 일을 정해현이 시켰다는 말인가요?

　답 : 그렇습니다.

　문 : 그런데 당시 검찰의 조사과정에서는 피고인이 칼로 증인을 찔렀던 것으로 사실을 조작하였다는 것인가요?

　답 : 그렇습니다.

　문 : 어떻게 조작하였다는 것인가요?

　답 : 당시 정해현은 미리 검사에게 손을 써 놓았다고 하면서 자기가 피고인에게 싸움을 걸면 싸움을 하는 과정에서 제가 자해를 하라고 시켰습니다. 그리고는 피고인이 저를 칼로 찌른 것으로 진술하도록 시켰습니다.

　문 : 그래서 증인은 정해현이 시키는 그대로 행동으로 옮겼다는 것인가요?

　답 : 예, 어느 날 정해현이 피고인에게 시비를 걸어 싸움을 하는 과정에 저는 미리 준비했던 칼로 배를 찔러 자해를 했습니다. 그러나 당시 검찰에서 조사를 받을 때, 거짓말이 탄로날까 겁이나 사실은 자해를 한 것이라고 얘기했습니다. 그러나 당시 검사가 오히려 무슨 일이 있더라도 피고인이 저를 찌른 것으로 대답하라고 시켰습니다. 특히 법정에서 제가 자해를 한 것이라고 진술하면 오히려 제가 감옥에 갈 것

이라고 협박하면서 반드시 피고인이 칼로 찔렀다고 말하라고 시켰습니다.

문 : 그렇다면 당시의 사건은 정해현과 검사가 피고인을 처벌하기 위하여 미리 각본을 짜놓았던 것이라는 말인가요?

답 : 그렇습니다.

문 : 당시 고등학교 이학년에 불과한 정해현이 어떻게 검사를 만나 그러한 각본을 짰다는 말인가요?

답 : 정해현이 직접 한 것이 아니라, 당시 방직회사 사장이었던 정해현의 아버지가 검사를 매수하여 일을 꾸민 것으로 알고 있습니다.

문 : 당시 이와 같은 사실을 피고인이 알았던가요?

답 : 사건 직후에는 알지 못했을 것입니다. 그러나 조사를 받는 과정에서 알았을 것입니다. 당시 저와 피고인을 대질신문하는 과정에서 검사는 피고인에게 고문을 가했습니다.

문 : 어떤 고문을 가했나요? 구체적으로 말해 주세요.

답 : 처음에는 철자를 손가락 사이에 끼워 비틀었습니다. 그러면서 자백을 하라고 추궁하였습니다.

문 : 그래서 피고인이 증인을 찔렀다고 거짓 자백을 하였나요?

답 : 아닙니다. 그러한 고문에도 피고인은 자백하지 않았습니다. 그러자 그 검사가 피고인의 옷을 벗긴 후 매달아 놓고 스펀지를 말아 만든 몽둥이로 피고인의 배를 때렸습니다. 그러면서 이렇게 때리면 멍이 든 표시도 나지 않고 나중에는 장이 파열되어 죽게 된다고 하면서 계속하여 피고인을 때렸습니다.

문 : 그러한 고문을 당시 검사가 직접 하였나요?

답 : 아닙니다. 고문을 하는 사람은 따로 있었고, 검사는 그것을 지켜보면서 자백하라는 추궁을 하였습니다.

문 : 증인은 당시 고문을 한 사람이 누구인지 알고 있나요?

답 : 모릅니다. 그때 고문을 하는 사람은 하얀 마스크와 검은 안경을 끼고 있었습니다. 아마도 고문을 하는 사람의 얼굴을 알 수 없도록 하기 위해서인 것 같았습니다. 고문을 하는 사람은 마치 벙어리처럼 아무 말도 하지 않고 검사의 지시에 따라 기계적으로 고문만을 했습니다. 그 광경이 더 무서웠습니다.

문 : 그러한 고문을 증인이 보는 앞에서 했다는 말인가요?

답 : 예.

문 : 그래서 피고인이 자백을 했나요?

답 : 아닙니다. 피고인은 끝까지 자백하지 않았습니다. 그러나 나중에는 너무 고통스러웠던지 고함을 질렀습니다.

문 : 어떤 고함을 지르던가요? 그 말을 기억할 수 있나요?

답 : 당시의 상황이 너무도 무서워 지금도 생생히 기억하고 있습니다. 그때 피고인은 비명을 지르면서 자백하라고 추궁하는 검사에게 말했습니다. '당신들은 내 영혼을 죽여 버렸어. 이제부터 나에게 영혼은 없어. 당신들에게 복수할 거야. 내가 당신들을 심판하겠어. 내 손으로 반드시 당신을 죽이고 말겠어' 라고 말했습니다.

문 : 당시 피고인에게 그러한 고문을 한 수사검사가 이번에 살해된 김인환인가요?

답 : 그렇습니다.

문 : 위와 같은 사건이 있기 전, 피고인은 당시 Y고등학교에서 전교 수석을 하고 있었지요?

답 : 그렇습니다.

문 : 그런데 위 사건으로 피고인은 소년원에 가게 되어 퇴학을 당했던 것이지요?

답 : 그런 것으로 알고 있습니다.

문 : 증인은 한때 피고인과 함께 B대학의 정치외교학과를 다닌 적이 있지요?

답 : 그렇습니다.

문 : 증인은 피고인이 대학에 다닐 때 국가보안법위반으로 기소되어 처벌을 받은 사실을 알고 있지요?

답 : 예.

문 : 당시의 수사기록에는 피고인의 국가보안법위반 행위에 대하여 증인이 제보를 한 것으로 되어 있는데, 그것은 사실인가요?

답 : 아닙니다.

문 : 그럼 누가 제보한 것인가요?

답 : 그것도 정해현과 김인환이 함께 일을 꾸몄던 것입니다.

문 : 증인은 대학을 다닐 때 홍익문화연구회란 동아리회의 회원이었지요?

답 : 아닙니다.

문 : 그렇다면 당시의 수사기록이 잘못되었다는 말인가요?

답 : 그렇습니다.

문 : 어떻게 잘못되었다는 말인가요? 증인은 당시의 상황에 대하여 구체적으로 말해주세요.

답 : 저와 정해현이 대학에 입학했을 때, 같은 과에 피고인이 입학한 사실을 알게 되었습니다. 이학년이 되었을 때, 정해현은 미리부터 총학생회장 선거에 출마할 생각을 가지고 있었습니다. 그런데 피고인이 걸림돌이 되었습니다.

문 : 걸림돌이 되었다는 것은 어떤 의미인가요?

답 : 당시 피고인은 홍익문화연구회의 회장으로서 학생들로부터 상당한 지지를 받고 있었고, 또한 고등학교 때 정해현이 피고인에게 한 일들이 학생들 사이에 알려지면 정해현이 총학생회장이 된다는 것은 어렵다고 생각했던 것입니다.

문 : 그래서 어떻게 하였나요?

답 : 당시 마침 민주화를 요구하는 학내 소요가 있었는데, 이러한 학내 소요를 이용하여 피고인에게 누명을 씌워 학교에서 추방하고자 일을 꾸몄던 것입니다.

문 : 구체적으로 어떻게 하였나요?

답 : 당시 피고인이 회장으로 있던 홍익문화연구회를 이용하고자 했습니다. 그래서 당시 홍익문화연구회의 회원으로 있던 사람에게 접근하여 피고인이 학내 소요사태를 주도하는 것으로 만들고자 했습니다. 그때 마침 제가 접근했던 사람이 피고인이 작사, 작곡하였다는 악보를 보여주었습니다.

문 : (이때 김용훈 검사가 수사기록에 편철된 악보를 증인에게 제시하고) 지금 증인이 말하는 악보가 '사월의 노래' 라는 이 악보인가요?

답 : 예.

문 : 당시 증인이 접근했다는 사람은 누구였습니까?

답 : 박형기였습니다.

문 : 박형기라면, 지금 이 법정에 서 있는 피고인 박형기를 말하는가요?

답 : 그렇습니다.

문 : 증인은 이 악보를 어떻게 이용했다는 것인가요?

답 : 그때 알게 된 피고인 박형기와 함께 이 악보 밑에 학내 소요를 선동하는 문구를 넣어 대자보를 작성하여 학교게시판에 붙이고, 이 대자보를 붙인 사람이 피고인이라고 검찰에 제보했습니다. 그러나 이러한 모든 것들은 정해현과 당시의 수사검사인 김인환이 미리 각본을 짜놓고 저에게 그대로 하도록 시켰기 때문이지, 제가 독자적으로 그렇게한 것은 아닙니다.

문 : 당시 김인환과 정해현이 각본을 짰다는 사실을 증인은 어떻게 아는가요?

답 : 당시 정해현이 저에게 그렇게 하도록 시켰고, 조사를 받을 때 검사가 시키는 대로 하면 된다고 하였기 때문입니다.

문 : 증인이 당시 조사를 받을 때의 상황에 대해 구체적으로 말해 주세요.

답 : 제가 정해현의 지시에 따라 허위제보를 한 후, 얼마 있지 않아

피고인이 체포되었다는 말을 들었습니다. 검찰에서 저를 불렀습니다. 그때 검사는 저에게 미리 작성해 둔 조서를 읽어보라고 하더니 잘 기억하고 있다가 피고인을 조사할 때 조서에 있는 그대로 진술해야 한다고 했습니다.

문 : 당시 미리 작성해 둔 조서의 내용은 어떤 것이었나요?

답 : 피고인이 '사월의 노래'라는 악보와 학내 소요를 선동하는 대자보를 작성하여 저와 함께 학교게시판에 붙였다는 내용이었습니다.

문 : 그러나 실제로 그러한 사실은 없었다는 말인가요?

답 : 예.

문 : 그래서 당시 증인은 피고인과 함께 조사를 받았나요?

답 : 예.

문 : 어떤 조사를 받았나요?

답 : 미리 작성된 조서의 내용과 같이 진술하였습니다.

문 : 그때 피고인이 그러한 거짓사실에 대하여 시인하였나요?

답 : 아닙니다. 피고인은 끝까지 부인했습니다.

문 : 이때도 피고인에게 고문을 하던가요?

답 : 예.

문 : 어떤 고문을 하던가요?

답 : 조금 전에 말씀드린 바와 같이 피고인을 매달아 놓고 스펀지 몽둥이로 피고인을 때렸습니다. 피고인이 고통을 못 이겨 배설을 하자 그 배설물을 피고인의 입에 넣어 먹게 했습니다. 피고인을 스펀지로 둘둘 말아 작은 플라스틱 드럼통 속에 집어넣고 발로 차며 굴렸습니다.

문 : 피고인에게 그러한 고문을 가한 사람이 김인환이었나요?

답 : 말씀드린 바와 같이 고문을 하는 사람은 따로 있었습니다. 그러나 그 사람이 누구인지는 모릅니다. 그 사람이 고문을 하고 김인환이 추궁을 하였습니다.

– 이상입니다.

꽹과리 소리가 그쳤다. 용훈의 창끝은 매섭고 날카롭다.

어떤 방패를 들어야 하나. 어떤 징소리를 내야 하나. 준하의 고통을 어루만질 수 있는 징소리는 어떤 소리여야 하나. 지금 이 순간 어떤 말이 더 필요할까. 그냥 침묵하는 것이 더 좋지 않을까.

그런데 최경호는 무엇 때문에 그들이 과거에 저질렀던 일을 이렇게 고백하는 것일까? 최경호의 의도는 무엇일까?

기영은 준하를 보았다. 준하는 눈을 감고 있었다. 표정이 없었다. 무슨 생각을 하고 있는 것일까? 과거의 그의 고통을 반추하고 있는 것일까?

곽판사 : 피고인 김준하의 변호인은 반대신문해 주십시오.

징을 울려야 할 차례. 기영이 방패를 들고 나선다. 그러나 방패는 오히려 무겁기만 하다.

박기영(증인 최경호에게)

문 : 증인은 증인이 자해를 한 그 사건으로 소년원에 갔다가 출소한 피고인을 만난 사실이 있지요?

답 : 예.

문 : 언제 만났던가요?

문 : 제가 고등학교를 졸업하고 재수를 하고 있을 때입니다.

문 : 어디에서 만났는가요?

답 : 당시 재수를 하면서 학원에 나가고 있었는데, 학원에서 집으로 돌아오는 길에서 만났습니다.

문 : 우연히 만났다는 말인가요?

답 : 피고인이 소년원에서 출소한 후 일부러 찾아왔던 것입니다.

문 : 그때 증인은 누구와 함께 있었는가요?

답 : 정해현과 함께 있었습니다.

문 : 당시의 상황은 피고인이 증인이나 정해현에게 보복을 하려고 했다면 충분히 보복할 수 있는 그러한 상황이었지요?

답 : 당시에는 주위에 아무도 없었기 때문에 마음만 먹는다면 그렇게 할 수도 있었을 것입니다.

문 : 그때 피고인이 증인이나 정해현에게 보복을 하였나요?

답 : 아닙니다.

문 : 보복을 할 수 있는 상황이었는데도 불구하고 보복하지 않았다는 말인가요?

답 : 그렇습니다.

문 : 증인은 김인환이 피살된 시간으로 추정되는 시간에 사건 장소

인 호텔 크라운에 간 적이 있지요?

　답 : 간 적은 있으나, 그 시간이 사건이 일어난 시간인지는 알 수 없습니다.

　문 : 그곳 호텔의 주차장에서 차량의 접촉사고를 낸 사실이 있나요?

　답 : 없습니다.

　문 : 증인은 신경민이란 사람을 알지요?

　답 : 예.

　문 : 증인은 위 접촉사고의 사고무마비 명목으로 신경민에게 돈 천만 원을 준 사실이 있지요?

　답 : 돈을 준 사실은 있으나 사고무마비 명목으로 준 것은 아닙니다.

　문 : 그럼 증인이 신경민에게 돈 천만 원을 줄 다른 이유라도 있었나요?

　답 : ….

　문 : 증인이 신경민에게 돈을 준 이유는 사고를 목격한 신경민이 접촉사고 사실을 외부에 발설하지 않도록 하기 위해서가 아니었나요?

　답 : 그것은….

　문 : 증인이 사고 사실을 외부에 감출 특별한 이유라도 있었나요?

　답 : 이미 경찰에서 진술한 바와 같이….

　– 이상입니다.

　용훈의 창끝을 제대로 비켜난 것일까? 창끝을 완전히 비켜날 수는 없었더라도 그나마 창날을 무디게라도 할 수만 있다면….

곽판사 : 피고인 박형기의 변호인은 신문하시겠습니까?

강성모 변호사(증인 최경호에게)

문 : 증인이 접근하였다는 홍익문화연구회의 회원이 피고인 박형기라고 하였는데, 당시의 상황에 대해 구체적으로 말해 주시겠습니까?

답 : 당시 정해현이 박형기를 소개하였습니다. 제가 박형기를 만나기 전에 정해현은 이미 박형기와 얘기가 되어 있었던 것 같았습니다.

문 : 이미 얘기가 되어 있었다는 것은 무슨 뜻입니까?

답 : 제가 박형기를 만나기 전에 정해현이 먼저 박형기를 만나 대자보를 붙이는 등의 일을 사전에 계획하고 있었다는 뜻입니다.

문 : 피고인이 고문을 당할 때, 박형기도 함께 있었는가요?

답 : 저와 함께 있지는 않았습니다.

문 : 피고인 박형기가 고문을 당했던 것은 아니지요?

답 : 함께 있지 않아 잘 모르지만, 고문을 당할 이유가 없었습니다.

– 이상입니다.

곽판사 : 이상으로 증인 최경호에 대한 신문을 마치겠습니다. 검사는 증인 박형기에 대하여 신문해 주십시오.

용훈이 다시 창끝을 겨눈다. 이 창은 아마도 더욱 날카로울 것이다.

김용훈 검사(증인 박형기에게)

문 : 증인은 현재 피고인의 신분이지만, 이 신문은 증인의 신분으로 증언하는 것임을 미리 말씀해 드립니다. 증인은 이제까지 증인 최경호가 증언하는 내용을 들었지요?

답 : 예.

문 : 증인 최경호의 진술이 사실입니까?

답 : 아닙니다.

문 : 증인 최경호의 어떤 진술이 아니라는 것인가요?

답 : 대자보를 붙인 사람은 내가 아닙니다.

문 : 증인 최경호가 직접 증인과 함께 대자보를 붙였다고 하는데, 그렇다면 증인 최경호가 거짓말을 하였다는 것인가요?

답 : 그렇습니다.

문 : 증인은 피고인 김준하가 국가보안법위반으로 처벌받은 사실을 알고 있지요?

답 : 예.

문 : 당시의 수사기록에는 피고인 김준하가 공소외 김형태라는 사람을 만나 '남조선 혁명을 위한 행동강령'이라는 책자를 받았고, 이러한 사실을 증인이 검찰에 제보한 것으로 나타나 있는데, 이것은 사실이었나요?

답 : 아닙니다.

문 : 그렇다면 증인은 당시 거짓말을 하였다는 것인가요?

답 : 당시의 상황은 그렇게 할 수밖에 없었습니다.

문 : 그렇게 할 수밖에 없었다는 말은 무슨 의미인가요?

답 : 당시 검사가 그렇게 하도록 저에게 시켰다는 뜻입니다.

문 : 그때의 상황에 대해 구체적으로 말해 주세요.

답 : 그때 저는 영문도 모른 채 수사관에게 연행되어 어딘가로 끌려 갔습니다. 제가 취조실에 가자 그곳에는 이미 피고인이 먼저 연행되어 와 있었습니다. 검사는 저에게는 아무것도 물어보지 않고 다만 제가 보는 앞에서 피고인을 취조하기 시작했습니다.

문 : 어떤 취조를 하던가요?

답 : 피고인이 대자보를 붙이고, 김형태라는 사람의 지령을 받아 학 내 소요를 선동하지 않았느냐는 것이었습니다.

문 : 그때 피고인이 순순히 자백을 하였나요?

답 : 하지 않았습니다. 그러자 하얀 마스크를 끼고 검은 안경을 낀 누군가가 나타나 피고인을 고문하기 시작했습니다.

문 : 어떤 고문을 하던가요?

답 : 처음에는 피고인의 옷을 모두 벗긴 후 매달아 놓고 스펀지 방망 이로 때렸습니다. 그러나 피고인이 자백을 하지 않자 피고인을 작은 플라스틱 드럼통에 억지로 집어넣고 발로 굴렸습니다. 그래도 피고인 이 자백을 하지 않자 피고인을 거꾸로 매달아 놓고 주전자로 코에 물 을 부었습니다. 그리고는 저에게 바른 말을 하지 않으면 피고인과 똑 같은 고문을 당하게 될 테니까 바른 대로 말하라고 했습니다. 당시 저 는 너무 무서워 검사가 묻는 대로 대답할 수밖에 없었습니다.

문 : 그때 검사가 증인에게 물은 내용은 어떤 것이었나요?

답 : 피고인이 김형태라는 사람을 만나 '남조선 혁명을 위한 행동강령' 이라는 책자를 받았고 학내 소요를 선동하는 지령을 받았다는 내용이었습니다.

문 : 그래서 증인은 검사가 시키는 대로 진술을 하였다는 것인가요?

답 : 예.

문 : 증인은 당시 피고인이 회장으로 있던 홍익문화연구회의 회원이었던 것은 맞습니까?

답 : 예.

문 : 당시 대자보에 붙었던 '사월의 노래' 라는 악보는 증인이 입수하여 최경호에게 주었던 것인가요?

답 : 아닙니다.

문 : 그렇다면 '사월의 노래' 라는 악보를 최경호는 어디에서 구한 것인가요?

답 : 그것은 제가 알 수 없는 일입니다.

문 : 당시 피고인이 증인이 보는 앞에서 고문을 당한 사실은 분명한가요?

답 : 예.

문 : 증인은 피고인 김준하가 호텔 크라운 804호실에서 김인환을 살해할 때, 그 자리에 함께 있었지요?

답 : 예.

문 : 전회의 공판에서 증인이 피고인으로서 한 진술은 모두 사실이지요?

답 : 예.

– 이상입니다.

곽판사 : 피고인 김준하의 변호인은 신문해 주십시오.

역시 용훈의 창끝은 더욱 빠르고 날카롭다. 그러나 물러설 수 없는 일. 기영이 다시 방패를 들고 나선다. 그러나 여전히 방패는 무겁기만 하다.

박기영(증인 박형기에게)

문 : 증인이 홍익문화연구회 활동을 할 때, 피고인 김준하가 '사월의 노래' 라는 곡을 작곡한 사실을 알고 있었나요?

답 : 그 노래를 들어 본 적은 있었던 것 같습니다.

문 : 최경호의 증언에 의하면 당시 최경호는 정해현으로부터 증인을 소개받았다고 하였는데, 최경호의 증언과 같이 당시 증인이 정해현이나 최경호를 만난 사실은 있었나요?

답 : 예.

문 : 당시 증인을 만난 정해현이 어떤 얘기를 하였나요?

답 : 홍익문화연구회가 어떤 활동을 하는 동아리회인지를 물었습니다.

문 : 단지 그것뿐이었습니까?

답 : 너무 오래되어 잘 기억나지 않습니다.

문 : 그때 정해현이 '사월의 노래'라는 악보에 대하여 얘기를 한 적은 없었나요?

답 : 기억나지 않습니다.

문 : '사월의 노래'라는 곡을 들어본 적이 있다고 하면서 정해현이 그 노래에 대하여 얘기를 한 적이 있는가에 대하여는 기억나지 않는다는 것인가요?

답 : 기억나지 않습니다.

문 : 증인 최경호는 '사월의 노래'라는 악보를 증인으로부터 입수하여 그 아래에 학내 소요를 선동하는 문구를 기재하여 증인과 함께 학교게시판에 붙였다고 증언하였습니다. 다시 한 번 묻겠습니다. 이와 같은 최경호의 진술이 사실이 아닌가요?

답 : (잠시 망설이다가) 그것은 최경호가 거짓말을 하는 것입니다.

문 : 증인은 김인환이 살해된 호텔 크라운 804호실에 피고인 김준하와 함께 있었다고 하였지요?

답 : 예.

문 : 당시 피고인 김준하가 김인환을 샴페인 병으로 가격할 때, 피고인 김준하가 샴페인 병의 어느 부분을 손으로 잡고 가격했나요? 다시 말해 당시 피고인 김준하는 샴페인 병의 주둥이를 손에 잡고 병의 몸체 부분으로 가격을 했던 것이지요?

답 : 예.

문 : 다시 한 번 묻겠습니다. 당시 피고인 김준하는 샴페인 병의 주둥이를 손에 잡고 병의 몸체 부분으로 후려치듯이 김인환을 가격했지,

몸체 부분을 손에 잡고 내려찍듯이 병의 동그란 주둥이로 김인환을 가격했던 것은 아니지요?

답 : 예, 당시 김준하는 병의 주둥이를 잡고 때렸습니다.

문 : 당시 피고인 김준하가 때린 부분은 김인환의 머리 뒤쪽이었나요?

답 : 너무도 순식간에 일어난 일이라 가격을 한 정확한 위치는 모르겠습니다.

– 이상입니다.

곽판사 : 피고인 박형기의 변호인은 신문해 주십시오.

강성모 변호사(증인 박형기에게)

문 : 피고인 김준하가 호텔 크라운 804호실에서 김인환을 살해하는 행동을 시작하기까지도 증인은 피고인 김준하의 목적을 전혀 알 수 없었지요?

답 : 예.

문 : 또한 피고인 김준하가 사전에 자신의 목적을 증인에게 얘기한 적은 한 번도 없었지요?

답 : 예.

– 이상입니다.

곽판사 : 이것으로 증인 박형기에 대한 신문을 마치겠습니다. 이십 분간 휴정하도록 하겠습니다.

속개된 공판.

곽판사 : 증인 신경민 출석하였습니까?

신경민 : 예.

곽판사 : 증인은 거짓말을 하는 경우, 위증의 벌을 받게 됩니다. 증인은 선서해 주십시오.

박기영(증인 신경민에게)

문 : 증인은 호텔 크라운에 근무하고 있지요?

답 : 예.

문 : 증인은 호텔 크라운에서 김인환이 피살된 사실을 알고 있지요?

답 : 예.

문 : 위 김인환이 피살된 당일 자정 무렵 국회의원 정해현의 보좌관이었던 최경호가 호텔 주차장에서 접촉사고를 낸 사실이 있지요?

답 : 예.

문 : 증인은 당시 사고 상황을 직접 목격하였나요?

답 : 직접 목격하지는 않고 사고 소리를 듣고 주차장으로 가니 최경호라는 사람이 차에서 내려 명함을 주었습니다. 그리고는 주차장 경비원에게도 약간의 돈을 주면서 사고 사실을 알리지 말고 연락하면 변상하겠다고 하였습니다.

문 : 증인은 위 최경호라는 사람으로부터 돈 천만 원을 받은 사실이 있지요?

답 : 예.

문 : 최경호라는 사람이 무엇 때문에 증인에게 돈을 주었나요?

답 : 사고 사실을 알리지 않겠다는 약속의 대가로 주었습니다.

문 : (이때 최경호를 재정하게 하여) 증인에게 돈을 준 사람이 지금 이 사람인가요?

답 : 예.

– 이상입니다.

곽판사 : 검사는 반대신문 해 주십시오.

김용훈 검사 : 하지 않겠습니다.

곽판사 : 피고인 박형기의 변호인은 신문해 주십시오.

강성모 변호사 : 하지 않겠습니다.

곽판사 : 증인 박상훈, 나와 주십시오. 피고인 김준하의 변호인은 신문해 주십시오.

박기영(증인 박상훈에게)

문 : 증인은 피살된 김인환의 사체를 부검한 사실이 있지요?

답 : 예.

문 : 위 부검과 관련하여 몇 가지만 묻겠습니다. 당시 피살자의 직접 사인은 무엇이었나요?

답 : 목의 자상에 의한 출혈과다와 두개골 골절상에 의한 것으로 보였습니다.

문 : (이때 기록에 편철된 부검조서를 증인에게 제시) 증인이 말하는 두개골 골절상이라는 것은 이 부검조서에 나타나 있는 '후두부 중앙 두개골 함몰(직경 3cm)에 의한 출혈'이라는 이 부분을 말하는 것인가요?

답 : 예.

문 : 여기에서의 '후두부 중앙 두개골 함몰(직경 3cm)'이라는 것은 두개골 뼈가 직경 3cm의 원형으로 부서져 함몰되어 있었다는 의미인가요?

답 : 예.

문 : 이와 같은 원형의 두개골 함몰은 주로 어떠한 도구에 의하여 생겨날 수 있는 것인가요?

답 : 여러 가지가 있을 수 있겠지만 가장 쉽게 생각할 수 있는 것은 머리가 둥근 원형의 망치로 순간적인 타격을 가했을 때 생길 수 있을 것으로 여겨집니다.

문 : 이와 같은 두개골 함몰은 샴페인 병의 주둥이를 쥔 상태에서 병의 몸체부분으로 후려치듯이 가격했을 경우에 생길 수 있는 상처는 아니지요?

답 : 그러한 경우 병의 몸체 부분의 면적이 넓기 때문에 위와 같이 직경 3cm의 부분적인 함몰이 생길 수는 어렵다고 생각됩니다. 부검 당시에도 생각했지만 두개골이 함몰된 원인은 아마도 망치에 의한 것으

로 여겨집니다.

  – 이상입니다.

곽판사 : 검사는 신문해 주십시오.

김용훈 검사 : 하지 않겠습니다.

곽판사 : 피고인 박형기의 변호인은 증인 김준하에 대하여 신문해 주십시오.

이때까지 눈을 감고 있던 준하가 눈을 떠 짧게 말했다.

  – 증언을 거부하겠습니다.

곽판사 : 증언을 거부할 경우, 피고인에게 불리할 수도 있음을 유의해 주시기 바랍니다.

  – 증언하지 않겠습니다.

준하가 되풀이 말하고는 다시 눈을 감았다.

곽판사 : 증인 김준하가 증언하지 않겠다는데 어떻게 하시겠습니까?

강성모 변호사 : 증인을 철회하겠습니다.

곽판사 : 그럼 이것으로 증거 조사를….

  – 마지막으로 피고인 박형기에게 한 가지만 더 묻겠습니다.

박기영(피고인 박형기에게)

문 : 살해 당시 상피고인 김준하가 사용한 도구는 칼과 샴페인 병 두 가지뿐이었고, 망치를 사용하지는 않았지요?

답 : 예.

문 : 망치는 피고인이 사용하지 않았나요?

답 : 사용하지 않았습니다. 저는 어떤 도구도 들고 있지 않았습니다.

– 이상입니다.

곽판사 : 검사는 다른 증거가 있는가요?

김용훈 검사 : 증거관계를 다시 한 번 정리하기 위하여 기일을 속행하여 주시기 바랍니다.

기영은 준하를 바라보았다. 준하는 깊은 생각에 잠긴 듯 여전히 눈을 감고 있었다. 과연 준하가 살인을 했을까. 언젠가 교도소에서 모든 사람을 다 용서할 수 있어도 단 한 사람이 용서가 안 된다고 하던 준하의 말이 다시 생각났다. 기영의 머릿속에서 오래도록 떠나지 않는 말이었다. 단 한 사람이라면, 그 사람은 김인환이 틀림없을 것이다. 지금 눈을 감고 있는 준하는 과연 무슨 생각을 하고 있을까.

준하가 눈을 뜨고 기영을 지그시 바라보며 일어서고 있었다. 담담한 표정에 엷은 미소를 띠고 있었다. 저 미소는 무슨 뜻일까. 승리의 의미일까. 최경호와 박형기의 자백에 자신의 지난 죄과가 음모에 의한 것임이 밝혀짐에 따라 느껴지는 회심의 미소일까. 그의 말대로 법정이라는 굿판에서 꽹과리와 징소리에 한판 춤을 추고 있는 것일까. 아니면 용훈과 기영이 찌르고 막는 창과 방패의 싸움을 즐기고 있은 것일까.

준하가 돌아서 나가자 기영도 기록을 챙겨 일어섰다. 일어서며, 기영은 매번 그랬듯이 방청석을 둘러보았다. 기영이 기다리는 사람은 여전히 보이지 않았다. 도대체 그녀는 어디에 있을까. 이 땅에 없단 말인가. 그녀가 사랑하는 사람의 생명이 걸린 이 재판에 한 번도 나타나지 않다니….

밖은 이미 어두워지고 있었다.

– 수고하셨습니다.

법정을 나오는 기영의 뒤에서 낯익은 목소리가 들렸다. 언제나 우직하게 사무실을 지키는 황 사무장이었다. 기영은 말없이 자기의 맡은 일에 최선을 다하는 사무장에게 항상 고마움을 느끼고 있었다.

– 황 사무장님도 법정에 있었군요? 먼저 퇴근하시지 않고….

– 변호사님께서 법정에 계신데, 어떻게 저희들이 먼저 퇴근을 할 수 있습니까.

– 다른 직원들도 모두 퇴근하지 않았어요?

– 예, 아마 그럴 겁니다.

– 그럼 직원들과 함께 저녁이나 하지요.

증인신문을 마친 후, 긴장이 풀리자 입안이 깔깔했다. 어디 가서 소주라도 한잔 하고 싶었다. 잘 됐다 싶었다. 기왕이면 식구처럼 여기는 사무실 직원들과 저녁을 하면서 소주 한잔을 하는 게.

직원들과 함께 단골집인 일식집에서 저녁을 마치고 막 일어설 때, 기영의 휴대전화가 울렸다.

– 김준하 선생님과 관련하여 긴히 드릴 말이 있습니다. '소피아' 라는 카페입니다….

차분한 여자의 목소리였다.

세 번째 정보

정시영 기자는 서둘러 법정을 빠져나와 곧바로 국회의원 정해현의 사무실로 향했다. 오늘 공판에서 증인으로 출석한 최경호가 피고인 김준하의 전과기록에 나타난 범죄 사실이 모두 조작된 것이었다고 증언을 했다. 최경호의 증언은 국회의원 정해현의 도덕성에 치명적일 수도 있다. 어쩌면 정해현의 정치생명이 걸린 문제였다. 사실을 확인할 필요가 있었다.

최경호의 행동은 이미 예견된 것이었다. 정해현이 최경호를 직위해제한 것은 최경호의 이와 같은 행동을 예상한 것이었다. 만약 최경호가 자기의 보좌관 신분에서 과거의 일에 대하여 오늘과 같은 증언을 했을 경우, 그것은 곧 진실이 되어 버린다. 그렇게 되었다면 최경호의 증언에 대한 정해현 자신의 어떠한 변명도 통하지 않을 것이다. 그러나 이미 직위 해제된 신분에서 하는 최경호의 증언은 보복심에서 비롯된 거짓 증언이라고 반박할 수 있을 터였다. 정해현이 최경호의 보복을 감수하면서까지 그를 직위 해제한 것은 시한폭탄을 피함과 동시에 최경호의 덫에서 벗어나 과거의 음모를 감출 수 있겠다는 그 나름대로의 계산된 행동이었던 것이다. 그래서 그는 방송기자의 카메라 앞에서도 오히려 태연할 수 있었다. 그는 엄숙한 표정으로 카메라를 응시했다.

— 오늘 김인환 당선자의 피살 사건과 관련한 공판에서 정해현 의원님의 전직 보좌관인 최경호의 법정 증언이 있었습니다. 먼저 이에 대한 의원님의 견해를 말씀해 주시겠습니까?

— 정말 안타까운 일입니다. 이 모든 것이 저의 부덕의 소치인 것 같아 참으로 마음이 무겁습니다. 아시다시피 저는 얼마 전 최경호 보좌관을 직위 해제한 바 있습니다. 그것은 최경호 보좌관이 과거 비도덕적인 일을 꾸몄기 때문이 아니라, 그와 같은 불미스런 일에 연루된 사실 자체가 국민의 공복인 국회의원의 보좌관으로서 품위에 어긋난다고 생각했기 때문입니다. 이러한 저의 결정에 대해 최경호 보좌관이 개인적으로 다소 섭섭한 마음을 가질 수도 있었을 것으로 생각합니다. 그러나 그렇다고 하여 전혀 사실이 아닌 허위증언으로 제 명예를 훼손한다는 것은 정말 안타까운 일입니다. 아마도 직위 해제를 당한 보복심으로 그와 같은 증언을 한 것 같은데, 이 모든 것이 저의 부덕의 소치로 겸허하게 받아들이고자 합니다. 하지만 이 일을 통하여 저는 인

간으로서의 기본적인 도덕심에 대하여 깊은 회의감과 절망감을 느낍니다.

– 그렇다면 오늘 최경호 보좌관의 증언은 사실이 아니라는 말인가요?

– 분명하게 말씀드리지만, 최경호 보좌관의 증언은 직위 해제를 당한 보복심에서 비롯된 위증입니다. 전혀 사실이 아닙니다. 저는 이 일에 대하여 피고인 김준하와 그 변호인 외에 최경호 보좌관에 대해서도 반드시 응분의 대가를 치르게 할 것입니다.

– 이상 정해현 의원의 사무실에서 KNB 뉴스 정시영입니다.

정해현과의 인터뷰를 마친 정시영 기자는 곧바로 박경일 경위에게 전화를 걸었다.

– 오랜만에 소주나 한잔 하자.

– 조금 전까지 네모 상자 안에 갇혀 있더니 언제 나왔어?

카페 소피아에는 유양만 있었다. 주인인 손양은 보이지 않았다.

정시영 기자가 얼마 기다리지 않아 박경일 경위가 나타났다.

– 소주 한잔 한다더니만 웬 양주야?

– 너 술 사 줄려고 대출 받아 왔으니까, 걱정하지 마.

– 조금 전 보도한 뉴스 때문이지? 또 무엇이 궁금해서 그래?

박경일 경위가 잔을 받으면서 정시영 기자의 의도를 이미 알고 있다는 듯 말했다.

– 지난번 피고인 김준하의 진술과 오늘 최경호의 증언에 대하여 말

인데, 그 진술이나 증언이 사실인지 여부를 수사과정에서 조사해 봤을 것 아냐?

 - 그 부분에 대하여는 검사가 직접 조사를 했어. 나는 잘 몰라. 그리고 안다고 하더라도 내가 너에게 그것을 말해야 할 의무가 있는 것도 아니고.

 - 이 친구야, 유세 그만 떨어. 지난번 공판에서의 김준하의 진술과 같이 김인환과 정해현, 김준하가 서로 관계가 있다면, 이 사건의 배후에는 이제까지 밝혀지지 않은 다른 동기가 있을 것 같아. 삼십년 전에 있었던 사건 때문에 이제 와서 수사검사를 살해한다는 것은 어쩐지 동기가 미약하다는 느낌이 들지 않아? 그리고 지금까지의 법정 공방을 봐도 뭔가 이상해. 피고인 김준하가 단순히 과거에 김인환이 조작한 사건 때문에 처벌을 받았다고 해서 삼십년이나 지난 지금에 와서 살인을 했을까. 살인을 하고자 했다면 김준하가 출소한 직후 바로 복수를 해야 하는 것이 오히려 상식일 것 같지 않아? 그리고 최경호의 머리카락이 발견되었고, 정해현이 김인환의 정적이라는 점을 감안하면 오히려 최경호에게 살인동기가 있을 것 같지 않아? 그런데도 굳이 전격적으로 김준하를 기소한 이유가 뭐야?

 - 공범인 박형기의 자백이 있고, 범행에 사용된 범행 도구가 발견되었는데, 그만한 증거가 또 어디 있겠어?

 - 아니, 거기에는 문제가 있어. 과거에 박형기, 최경호, 정해현이 사건을 조작하여 김준하를 처벌받게 했어. 그렇다면 이 사건도 정해현이나 최경호의 조작이 아닐까? 더구나 범행현장에서는 최경호의 머리카

락이 발견되었잖아? 정해현의 지시에 의하여 최경호와 박형기가 살해를 하고 이것을 과거의 사건과 결부시켜 김준하의 범행으로 몰고 간다, 충분히 가능성이 있을 것 같은데?

- 아무리 그렇더라도 박형기가 스스로 살인범이 되면서까지 그런 짓을 했을까. 그것은 너무 비약이야. 참, 그것보다도 더 궁금한 것이 있어. 사건이 있었던 날, 너는 김인환이 호텔에서 피살된 사실을 어떻게 알았어?

- 지금에서야 말하지만, 사실 그날 김인환의 인터뷰를 위해서 선거사무실에 도착한 직후 '호텔 크라운 804호'라는 음성메시지를 받았어. 그래서 너를 불렀던 거고….

- 혹시 그 메시지의 발신자를 추적해 보지는 않았어?

- 나타나지 않았어. 나도 그렇게 생각하고 조사해 봤지만, 알 수가 없었어. 그 음성메시지를 보낸 사람은 분명 이 사건의 범인이든가, 아니면 이 사건을 배후에서 조종하고 있는 사람인데, 오리무중이야.

- 무슨 얘기를 그렇게 심각하게 하세요?

이제까지 없었던 유양이 나타나는 바람에 두 사람의 얘기는 중단되고 말았다.

- 정 기자님, 전화가 온 것 같은데요?

두 사람이 있는 방으로 들어서던 유양이 말했다. 그러고 보니 옷걸이에 걸린 정시영 기자의 양복 윗도리 호주머니에 있는 휴대전화에서 음성메시지가 도착했음을 알리는 알람소리가 울리고 있었다. 정시영 기자가 휴대전화를 꺼내어 폴더를 열었다.

– 세 번째 정보, ××고합7894, 지혜 속에 진실이 있다.

정시영 기자가 다급하게 말했다.

– 야, 빨리 이 메시지의 발신자를 추적해.

정시영 기자가 황급히 옷을 입으면서 말했다.

– 어머, 정 기자님, 갑자기 무슨 일이예요?

유양의 목소리를 뒤로 하며 두 사람은 거의 동시에 밖으로 달려 나
갔다.

택시에서 내린 기영은 불이 환하게 밝혀진 숙녀복 코너가 있는 부광
빌딩의 일층 로비를 지나 엘리베이터를 타고 제일 꼭대기 층인 이십층
에서 내렸다. 바다가 보이는 오른쪽의 창쪽으로 푸른 바탕에 하얀색으
로 'SOPHIA' 라고 적힌 작고 네모진 아크릴 간판이 눈에 들어 왔다.

– 어서 오세요.

입구 카운터에 있던 갸름한 얼굴에 피부가 깨끗하게 보이는 여자가
기영을 맞았다.

– 박기영 변호삽니다.

– 기다리고 있었습니다. 이리로 오세요.

여자가 기영을 작은 방으로 안내했다.

– 언니가 지금 곧 도착하다고 하니까, 잠시만 기다려 주세요.

기영에게 전화를 한 사람은 따로 있는 것 같았다.

– 변호사님, 술을 한잔 드려도 괜찮으시겠어요?

– 아, 예.

– 잠깐만 기다리세요.

기영을 안내한 여자가 방에서 나갔다. 기영은 창밖을 바라보았다. 이십층의 높은 건물의 창이라서 그런지 멀지 않은 곳에 바다가 보였다. 환하게 밝혀진 건물에서 쏟아지는 무수한 빛기둥이 바다에 뿌리를 박고 어지럽게 흔들리고 있었다. 기영은 물결에 흔들리는 빛을 바라보며 생각했다.

어떤 여자일까. 분명 준하를 알고 있는 여자일 것 같은데 어떤 사이일까. 준하와 관련하여 할 말이 있다고 했다. 기영의 궁금증은 한층 더해 갔다.

– 죄송합니다.

출입문이 열리면서 한 여자가 들어왔다. 하얀 블라우스를 받쳐 입은 정장 차림이었다. 기영은 깜짝 놀랐다. 이십대 후반이나 삼십대 초반쯤의 나이가 되었을까. 푸른빛이 은은한 조명등 아래에 서있는 여자의 긴 목이며 어깨까지 늘어뜨린 생머리의 긴 머리카락이 항상 기영의 기억 속에 남아 있는 소녀를 닮아 있었다.

– 변호사님의 사무실로 한번 찾아뵐까 하다가 이렇게 무례하게 모시게 되었습니다. 죄송합니다. 연아, 인사드려. 김 선생님의 변호를 맡고 계신 박기영 변호사님이셔.

– 안녕하세요. 유양이라고 합니다.

출입구에서 기영을 맞은 여자가 과일 안주와 작은 양주병 하나를 탁자 위에 놓으면서 말했다.

– 김준하와는 어떻게 아는 사이인가요?

유양이라는 아가씨가 방을 나가자, 기영이 말했다.

– 제가 가장 존경하는 선생님이십니다. 그런데 선생님은 어떻게 되는 건가요? 선생님께서 살인을 했다는 것을 저는 믿을 수 없습니다. 선생님께서는 절대로 살인을 하실 분이 아닙니다. 살인을 했다고 하여도 아마 피치 못할 이유가 있을 겁니다. 선생님께서 정말 살인을 한 것인가요?

– 나 역시나 그 친구가 살인을 했다고는 생각하지 않습니다. 그보다도 그 친구와는 어떤 관계인가요?

– 어디서부터 말씀을 드려야 할지…. 제가 고등학교를 졸업한 직후 저는 한때 나쁜 길로 접어들어 헤어나지 못하고 있었습니다. 고등학교를 졸업하자마자 술집에 나가 술을 마시고, 담배를 피우고, 심지어는 마약을 하기도 했으니까요. 그런 저를 구해주신 분이 바로 선생님이십니다. 그런데 만약에 선생님께서 정말로 살인을 했다면, 그것은 아마도 저 때문인 것 같다는 생각을 지울 수가 없습니다. 그래서 변호사님을 꼭 한번 뵙고 싶었습니다.

– 준하와의 사이에 무슨 일이 있었는데요?

– 선생님과 직접적으로 관계되는 일은 아닙니다. 그 일은 선생님을 만나기 전에 있었던 일이니까요. 그런데도 제가 겪었던 그 일 때문에 이런 일이 일어난 것이 아닌가 하는 생각을 지울 수가 없습니다. 그래서 혹시나 선생님께 도움이 될까 해서 변호사님의 사무실로 한번 찾아가려고 생각하고 있었는데 이제껏 가지를 못했습니다.

기영의 앞에 놓인 유리컵에 얼음을 넣고 술을 따른 여자가 차분하게 말했다.

　ㅡ 참, 내 정신 좀 봐. 죄송합니다. 제가 누군지 소개도 하지 않고. 손나영孫娜英이라고 합니다.

　여자가 기영의 얼굴을 바라보며 그때까지의 심각한 표정을 걷고 웃으면서 말했다.

　ㅡ 아까 제가 겪었던 일이라고 하였는데, 그것이 이 사건과 관계가 있다는 말씀인가요?

　ㅡ 단정할 수 없지만, 자꾸만 그런 생각이 들어서요.

　ㅡ 어떤 일이 있었는데요?

　기영이 앞에 놓인 술잔을 들어 입술을 적시면서 말했다.

　ㅡ 아주 오래 전의 일이예요. 그때 저는 고등학교를 막 졸업하고 나쁜 친구들과 어울려 다니다가 술집에 나가게 되었습니다. 거기에서 때로는 마약을 하기도 했는데, 그 일로 말미암아 저는 두 번이나 구속이 되었던 적이 있습니다. 그런데 제가 두 번째 구속이 되어 검찰청의 유치장에 있을 때였습니다. 어느날 저는 검사실로 불려갔습니다. 저는 당연히 제가 복용한 마약 때문에 조사를 받는 줄로 알았죠. 변호사님, 저도 술 한잔 주세요.

　ㅡ 아, 예.

　여자의 말에 빠져있던 기영은 그때서야 여자의 잔이 비워져 있는 것을 알고 술을 따랐다.

　ㅡ 너무나 수치스럽고, 혐오스럽고, 또 뭐랄까? 죄책감을 느끼는, 정말 할 수만 있다면 저의 기억 속에서 지워버리고 싶은 고통스런 일이

라서 제 정신으로 말하기가 좀 그러네요. 죄송합니다.

　－ 너무 부담 갖지 마시고 천천히 말씀하세요.

　－ 예, 너무도 부끄러운 일이지만 선생님을 위해서라면 꼭 말씀을 드려야 할 것 같습니다.

　술을 마신 여자가 생각을 정리하는 듯 잠시 창밖을 바라보았다. 여자의 눈에는 어느새 눈물이 맺히고 있었다. 여자가 조용히 입을 열었다.

　여자를 데리고 온 유치장 간수가 돌아가고 난 뒤에도 검사는 여전히 책상 위에 놓인 서류만을 넘기고 있었다. 검사가 앉은 책상 앞에 낡은 철제의자 하나가 놓여 있었지만 여자는 앉지도 못한 채 우두커니 서서 다리를 후들거리고 있었다. 검사실의 직원들은 이미 퇴근을 했는지, 방에는 그 검사만이 혼자 있었다. 십여 분이 지났을까. 드디어 서류에서 눈을 뗀 검사가 고개를 들어 여자를 보면서 말했다.

　－ 벌써 두 번째군. 아무래도 이년은 교도소에 있어야겠어. 얼굴은 예쁘장하게 생긴 것이 벌써부터 못된 짓만 하고 있어.

　－ 용서해 주세요. 다시는 안 할게요.

　여자가 울먹이는 소리로 손을 모으며 말했다.

　－ 용서해 달라?

　검사가 자리에서 일어나 여자에게로 다가오며 말했다.

　－ 예, 정말 이번 한번만 용서해 주세요. 다시는 절대로 안 할게요.

　여자가 다시 손을 맞잡고 빌었다. 여자에게로 다가온 검사가 여자의 턱을 잡아 올리며 말했다.

― 지금 너 용서해 달라고 말했니?

― 예.

― 좋아, 용서해 주지. 대신 지금부터 내가 시키는 대로 해. 내가 시키는 대로만 하면 석방시켜 줄 테니까 할 수 있겠어?

― 예, 무슨 일이든 시키는 대로 하겠습니다. 제발 용서해 주세요.

― 정말 할 수 있겠어?

― 예.

― 정말 할 수 있겠어?

― 예.

― 좋아, 네 약속을 믿어보기로 하지. 그러나 만약 약속대로 하지 않으면 너는 영원히 감옥에서 살게 된다는 것을 명심해.

― 알겠습니다.

― 좋아, 그럼 나와 함께 갈 곳이 있어. 따라와.

방을 나선 검사가 여자를 차에 태웠다. 검사가 직접 운전을 했다. 운전을 하는 동안 검사는 단 한 마디의 말도 하지 않았다.

도대체 어디로 가는 것일까? 목적지를 알 수 없어 여자는 더욱더 두려웠다. 검사는 여자가 알 수 없는 어느 빌딩의 지하주차장으로 가서 차를 멈췄다. 지하주차장에서 엘리베이터를 탄 검사가 여자를 데리고 간 곳은 여자가 생전 가보지 못한 호화로운 룸살롱이었다. 검사는 여전히 아무 말도 하지 않았다. 붉은 색의 조명 아래 역시 붉은 색의 카펫이 깔려 있는 복도를 걸어간 검사가 노크도 없이 어느 방의 문을 열었다.

– 어서 오십시오.

붉은 조명등 아래 앉아있던 두 남자가 기다리고 있었다는 듯 용수철처럼 일어나 허리를 굽혔다. 검사의 뒤를 따라 들어간 여자가 방안을 둘러보았다. 족히 십 명은 충분히 여유롭게 앉을 수 있을 것 같은 큰 방이었다. 그러나 방안에는 방금 인사를 한 두 사람 외에 다른 사람은 없었다.

– 준비는 다 되어 있겠지?

검사가 두 사람에게 명령 투로 말했다.

– 여부가 있겠습니까. 만반의 준비를 다 갖추었습니다.

검은 양복을 입은, 네모진 각진 얼굴에 머리카락이 긴 장발의 남자가 말했다. 그 남자의 앞에는 짧은 스포츠형 머리에 상체가 꽉 끼이는 검은 반소매티셔츠를 입은, 유난히 광대뼈가 튀어 나온 사람이 있었다. 운동으로 단련된 가슴 근육과 드러난 팔뚝에 나 있는 칼에 베인, 길게 그어진 흉터가 한 눈에 그가 폭력배라는 인상을 풍겼다.

– 이 사람들이 시키는 대로만 하면 돼. 알겠어?

그때까지도 두려움에 떨면서 방의 한쪽 구석에 웅크리고 서있는 여자에게 검사가 말했다. 여자가 어깨를 떨면서 고개를 끄떡였다.

– 안녕히 가십시오.

더 이상 아무 말도 하지 않고 방을 나서는 검사에게 두 사람이 다시 허리를 꺾으며 말했다. 여자는 여전히 방 한쪽 구석에서 어깨를 떨고 있었다.

– 이리와 앉아.

네모진 각진 얼굴의 남자가 양복 윗도리를 벗고는 여자에게 다가오라는 손짓을 했다. 여자가 주춤거리며 그 남자에게로 다가가 앉았다.

– 이리 더 가까이 와. 영감님 말씀 들었지? 시키는 대로 해야 한다고.

– 예.

여자가 기어들어가는 목소리로 말했다.

– 자, 우선 한 잔 하고서 일을 하지.

네모가 탁자위에 있던 양주병을 들어 맥주 컵의 삼분의 이 가량을 채우더니, 그 위에 다시 맥주를 섞었다. 그리고는 잔을 들어 여자에게 내밀었다. 여자가 고개를 흔들었다.

– 이, 쌍년이!

네모가 여자의 뒤통수를 후려졌다.

– 악!

여자가 비명을 질렀다. 겁에 질린 여자가 술을 마셨다. 남자가 다시 똑같은 술을 따랐다. 토할 것 같았다. 그러나 다시 마셨다. 여자의 의식이 점차 몽롱해져 왔다. 술기운이 퍼지면서 그때까지 여자를 사로잡고 있던 두려움이 점차 사라지고 있었다. 네모가 호주머니에서 하얀 종이봉지 하나를 꺼내더니 봉지를 풀고 하얀 백색 분말을 맥주잔에 탔다. 여자는 그것이 무엇인지 알고 있었다.

마약이었다. 그것은 분명 마약이었다.

네모가 마약을 탄 맥주잔을 여자에게 내밀었다. 술기운에 몽롱해진 여자의 의식 속으로 더 큰 두려움이 밀려 왔다. 여자가 본능적으로 고개를 흔들었다. 맞은편에 앉은 폭력배로 보이는 광대뼈 남자의 손에서

찰칵하는 소리가 들렸다. 잭나이프의 칼날에 반사된 강렬한 빛이 여자의 눈을 찔러왔다.

— 얼굴을 포로 뜨기 전에 빨리 마셔.

광대뼈가 일어서 손에 든 칼을 바람개비처럼 돌리면서 말했다. 여자가 맥주를 마셨다. 여자의 눈이 점차 풀렸다. 웃음이 나오려고 했다. 네모가 여자의 허리를 안아 일으켜 테이블 위에 세웠다.

— 옷 벗어.

네모가 말했다.

본능적인 수치심. 여자가 주춤거렸다. 여자의 맞은편에 앉아 있던 광대뼈가 일어나 손에 들고 있던 칼로 여자가 입은 스커트의 허리 단추를 도려내었다. 스커트가 발목 아래로 흘러 내렸다. 여자가 본능적으로 두 손으로 하복부를 가렸다. 광대뼈의 손에 들린 칼날이 여자의 팬티 라인 아래로 들어 왔다. 여자의 하복부를 가리고 있던 팬티가 잘렸다.

— 피난다. 손 치워.

광대뼈가 칼날을 여자의 손바닥 아래로 움직이며 말했다. 여자가 손을 뗐다. 여자의 은밀한 곳을 겨우 가리고 있던 얇은 헝겊조각이 아래로 떨어졌다. 광대뼈의 칼날이 다시 위쪽으로 올라왔다. 칼날이 여자의 상체를 가리고 있던 블라우스의 단추를 아래로부터 도려내기 시작했다. 가슴까지 올라온 칼날이 여자의 유방을 가리고 있는 브래지어 아래로 들어와 중간의 끈을 잘랐다. 여자의 볼록한 가슴이 드러났다. 칼날이 다시 블라우스의 소매를 잘라내었다. 여자의 몸을 가리고 있던 옷이 모두 찢어진 채 아래로 흘러 내렸다.

－ 누워.

네모가 말했다. 여자는 탁자 위에 누웠다. 천장에 달린 호화로운 조명등 불빛에 눈이 부셨다. 마치 수술대에 누워 있는 것 같았다. 여자는 심한 갈증이 났다.

－ 움직이면 다쳐.

광대뼈가 여자의 목에 칼을 들이대며 말했다. 여자는 눈을 감았다. 이 남자들이 무엇을 할 것인지 여자는 알 것 같았다.

－ 그냥 주기에는 정말 아까운 계집인데.

네모의 목소리가 들렸다.

－ 침 그만 흘리고 빨리 해. 노인이 깨어나기라도 하면 어쩌려고 그래. 시간이 없어.

광대뼈의 목소리가 들렸다. 네모가 여자의 발목을 잡고 당겼다. 엉덩이 아래쪽에 탁자의 모서리의 각이 느껴지며 두 다리가 탁자 아래로 떨어졌다. 여자는 입술을 깨물었다. 이제는 남자를 받아들이는 일만 남았다.

－ 꼼짝하지 마, 움직이면 다쳐.

광대뼈가 다시 한 번 말했다. 여자는 남자를 받아들일 준비를 했다. 그런데 남자는 들어오지 않았다. 대신 여자의 은밀한 곳에 차가운 감촉이 느껴졌다. 이들이 무슨 짓을 하는 것일까? 은밀한 곳의 주위를 간질이는 듯한, 처음 느껴보는 이상한 느낌이었다. 따끔거리기도 했다. 그러한 느낌은 한동안 지속되었다.

- 됐어. 일어나.

네모가 말했다. 여자의 발이 탁자 밖으로 나와 있었기 때문에 여자가 일어나자 여자는 다리를 아래로 늘어뜨린 채 탁자 위에 걸터앉는 자세가 되었다. 여자는 이상한 느낌이 들었던 은밀한 곳을 손으로 더듬어 보았다. 매끈했다. 그곳에 당연히 있어야 할 체모가 없었다. 전신에 소름이 돋았다.

- 이런 제기랄, 가스나 ×지 털 깎아보는 짓도 다 해보네.

네모가 일회용 면도기와 여자의 체모를 휴지에 싸서 호주머니에 넣으면서 말했다.

- 입어.

광대뼈가 어디에서 났는지, 옷 한 벌을 내밀며 말했다. 여자의 옷이 아니었다. 이미 여자의 옷은 광대뼈의 칼에 의해 난자된 뒤였다. 그 옷은 교복이었다. 어느 학교의 교복인지는 모르지만, 어쨌든 그 옷은 여고생이 입는 교복이었다.

여자는 알몸 위에 교복의 스커트와 상의만을 입었다. 옷을 입는 동안에 의식이 몽롱해지며 다리가 휘청거렸다.

- 따라와.

광대뼈가 앞장을 서고 네모가 여자를 부축하다시피 하며 방문을 나섰다. 방을 나선 광대뼈가 좌우로 룸이 즐비하게 늘어 선 복도 끝의 제일 안쪽 방의 문을 열었다. 네모와 여자가 광대뼈를 따라 방으로 들어섰다. 그 방은 처음의 방보다도 훨씬 크고 호화롭게 꾸며진 방이었다.

그 방의 디근자로 이어진 상석에 어떤 사람이 혼자 앉아 있었다. 의자의 등받이에 기댄 채로 거의 드러누워 있다시피 한 그 사람은 한복을 입고 있었다. 한복의 앞섶을 풀어헤쳐 상체가 거의 드러나 있는 그 사람은 하얀 백발이었다. 그러나 그 사람 또한 이미 마약을 복용하였는지, 여자 일행이 방안으로 들어왔는데도 전혀 의식을 차리지 못하고 있었다.

네모가 남자가 앉아 있는 상석 옆 자리에 앉아 여자를 자신의 무릎 위에 앉혔다. 네모의 손이 여자의 가슴을 주물렀다.

– 장난치지 말고 빨리 해.

광대뼈가 말했다. 네모가 아쉬운 듯 여자를 무릎에서 내려 옆에 앉히고는 탁자 위에 이미 진열되어 있는 양주병을 들어 맥주잔의 삼분의 이 가량을 채웠다. 그리고는 안쪽 호주머니에서 하얀 약봉지를 꺼내어 가루를 술에 타더니 여자에게 내밀었다.

여자가 두려운 눈빛으로 완강하게 고개를 저었다.

– 이 년이!

네모가 술잔을 탁자 위에 놓고 여자의 머리카락을 잡아 고개를 뒤로 젖혔다.

– 마셔.

그래도 여자가 고개를 저으며 반항했다.

광대뼈의 손에서 다시 한 번 칼날이 반짝였다.

– 시키는 대로 해야 한다는 영감님 말씀 못 들었어? 너 아예 죽고 싶은 모양이구나.

칼날이 앙다문 여자의 입술 사이로 들어왔다. 이빨에 칼날의 차가운 감촉이 느껴졌다. 여자가 입을 벌렸다. 네모의 다른 손에 들린 맥주잔의 액체가 여자의 목구멍을 타고 내렸다. 여자의 의식이 희미해져 왔다.

네모가 일어나 아직도 남아 있는 양주병의 술을 탁자 위에 흩뿌렸다. 네모의 손이 탁자 위에 있는 안주 접시를 쓸어버렸다. 안주 접시가 바닥에 떨어져 깨지는 소리가 들렸다. 네모가 다시 약봉지 하나를 꺼내어 백색 분말을 탁자 위에 뿌렸다.

– 누워.

네모가 여자의 다리를 백발의 남자 쪽으로 향하게 하고 탁자 위에 눕혔다.

– 조금만 움직여도 네 목에 칼이 들어간다.

광대뼈가 천장을 향하여 누운 여자의 목에 칼을 들이대며 말했다. 네모가 여자의 스커트를 위로 걷어 올렸다. 이미 체모가 깎인 여자의 은밀한 곳이 고스란히 드러났다. 네모가 여자의 상의를 찢듯이 열어 제켰다. 여자의 유방이 붉은 조명등의 불빛을 받아 출렁거렸다. 네모가 여자의 다리를 잡아 백발의 남자가 앉아 있는 의자 쪽으로 끌어 내렸다. 여자의 허벅지와 은밀한 곳에 따듯한 피부의 감촉이 느껴졌다. 백발의 남자의 얼굴이 여자의 다리 사이에 끼여 있었다. 여자의 의식이 몽롱해져 왔다. 몽롱해진 여자의 귀에 광대뼈의 목소리가 들렸다.

– 이대로 가만히 있어. 조그만 움직여도 네 년의 아랫도리를 도려내 버린다.

얼마나 지났을까. 눈을 감고 있는 여자의 눈에 갑자기 강렬한 불빛이 번쩍거린다는 느낌이 들었다. 그러나 여자는 꼼짝도 할 수 없었다. 광대뼈의 목소리는 아직도 여자의 뇌리에 남아 있었다. 방안이 소란스러워졌다. 그러나 여자는 의식을 차릴 수가 없었다. 여자의 귀에 '현장 고발', '충격의 현장', '국회의원' 이라는 여러 단어가 토막토막 분절이 되어 파고들었다.

— 잠깐만요. 지금 하는 말은 혹시 오래 전에 세상을 놀라게 했던 홍한일 박사의 사건을 말하는 것이 아닙니까?

— 예, 맞습니다. 변호사님도 그때의 사건을 알고 계시는 군요.

— 그렇다면 지금 하는 말은 당시 홍한일 박사의 사건이 조작된 사건이라는 말인가요?

— 그렇습니다. 당시에는 정신이 없어 모르고 있었지만, 아마도 당시 홍한일 박사님도 저처럼 그 두 사람에 의해 강제로 마약을 탄 맥주를 마셨거나 아니면 박사님 자신도 모르게 마약이 든 술을 마셨던 것 같았습니다.

— 그런 일이 있었다면 왜 법정에서 사실을 말하지 않았습니까?

여자가 다시 술을 마셨다. 여자의 입가에 잠시 처연한 웃음이 감돌았다. 그러나 여자는 이내 냉정을 되찾고는 말을 이어 나갔다.

— 그런 일이 있고 난 후 저는 일주일 가량을 정신병원처럼 보이는 곳에 갇혀 있었습니다. 그곳에는 제가 모르는 사람이 항상 저를 감시하고 있었습니다. 그곳에서 어느 정도 몸을 회복한 저는 다시 어디론가 끌려갔습니다. 그곳은 창문 하나 없는 사방이 밀폐된 좁은 방이었

습니다. 그 방에는 천장에 작은 백열등 하나가 달려 있고, 책상과 의자 하나 외에는 아무 것도 없었습니다. 저를 그곳에 데리고 간 사람은 그 방에 저 혼자만을 남겨두고 나갔습니다. 얼마 있지 않아 방문이 열리더니, 저를 술집으로 보냈던 그 검사가 들어오더군요. 그러나 검사는 저에게 아무 말도 하지 않았습니다. 그는 말없이 저를 그대로 세워둔 채 책상에 앉아 무엇인가 열심히 적고 있었습니다. 얼마나 시간이 흘렀을까. 그 검사가 책상에서 적은 종이를 저에게 내밀며 읽어 보라고 하였습니다.

— 그 내용이 어떤 내용이었습니까?

— 저와 박사님이 제가 중학교 삼학년 때부터 마약을 복용했고, 그 날 마약에 취한 박사님이 고등학생이 된 저를 불러 함께 마약을 복용하고, 저의 그곳의 체모를 깎았으며, 테이블 위에서 저를 성추행하였다는 내용이었습니다. 그러면서 그 검사가 그 종이에 적힌 내용이 사실이냐고 묻더군요. 저는 너무 무서워 말도 하지 못한 채 아니라는 표시로 고개를 흔들었습니다. 그러자 그 검사가 책상 위에 있는 작은 버튼을 눌렀습니다. 얼마 있지 않아 하얀 마스크를 쓰고 검은 안경을 낀 사람이 나타났습니다. 그 사람이 나타나자, 검사가 책상 서랍에서 스펀지 방망이를 꺼내어 그 사람에게 건네고는 앉아 있던 철제 의자를 방 중앙에 놓았습니다. 무서움에 덜덜 떨고 있는 저에게 그 사람이 다가오더니, 아무 말도 없이 저의 옷을 벗기기 시작했습니다. 저의 몸에서 실오라기 하나 없이 모든 옷을 벗긴 그 남자가 저를 의자에 앉혔습니다. 그리고는 의자의 등받이 뒤로 팔을 돌려 수갑을 채웠습니다. 그

남자가 두터운 수건으로 입에 재갈을 물리더니 아무 말도 없이 스펀지 방망이로 저의 배를 때리기 시작했습니다. 거의 삼십분 동안을 맞았을까. 장이 뒤틀리는 것 같은 고통에 그만 실신을 하고 말았습니다. 얼마의 시간이 지났을까. 다시 의식을 차리자 그 검사가 다시 종이를 내밀며 그것이 제가 작성한 것이냐고 묻더군요. 저는 아니라고 하면 다시 고문을 당할까봐 묻는 대로 그렇다고 했습니다. 그러자 그 남자가 다시 때리기 시작했습니다. 그리고 다시 실신을 했고요. 다시 의식을 되찾자, 검사가 다시 똑같은 질문을 하더군요. 저는 이번에는 그렇다고 하면 다시 고문을 당하겠다 싶어 아니라고 했습니다. 그러자 그 남자가 다시 때리기 시작했습니다. 또 다시 저는 실신을 했고요. 제가 다시 의식을 차리자, 검사가 똑같은 질문을 했습니다. 저는 어떤 대답을 할지 몰라 무조건 시키는 대로 할 테니, 제발 살려달라고 애원했습니다. 그러자 그 남자가 수갑을 풀고는 저에게 무릎을 꿇고 바닥에 앉으라고 하였습니다. 그 검사가 자기가 적은 종이를 바닥에 놓으면서 그 종이에 적힌 그대로 베껴 적으라고 하더군요. 저는 무서움에 떨면서 발가벗은 채로 바닥에 엎드려 그 종이에 있는 그대로 베껴 적었습니다. 제가 겨우 베껴 쓰기를 마치자, 그 검사는 읽어보지도 않은 채 다시 적으라고 했습니다. 그때 저는 무려 열 번 이상을 똑같이 베껴 적어야만 했습니다. 그런 과정을 거친 뒤에야 그 검사가 제가 베껴 적은 종이 중의 하나를 내밀면서 그 종이에 적힌 내용이 그 술집에 서 있었던 사실 그대로를 적은 것이냐고 물었습니다. 대답할 기력조차 없어진 제가 고개를 끄떡이자, 그 남자가 저의 등을 때리기 시작했습니다. 저는 엎드린 채로 손을 비비면서 다시 살려 달라고 애원했습니다. 검사가 다시 물었습니다. 제가 겨우 입을 벌려 그렇다고 말하자, 그때서야 검사가 말했습니다. 만약 법정에서 그 종이에 적힌 내용과 다른 진술을 하면 오늘보다 더한 고통을 당하게 될 것이라고….

여자는 감정이 격해져 어깨를 들썩이며 눈물을 흘렸다.

법치주의 국가인 이 나라에서 어떻게 그런 일이 있을 수 있단 말인가. 기영의 가슴속에서 감당하지 못할 분노가 치솟아 오르고 있었다. 기영은 그 분노를 삭이려는 듯 맥주잔에 양주를 가득 따라 단숨에 마셔 버렸다.

– 변호사님, 그러한 고통을 겪은 제가 어떻게 법정에서 사실을 말할 수 있었겠습니까? 더구나 그때 재판을 하는 검사석에는 저에게 그렇게 모질게 고문을 한 그 검사가 버티고 앉아 있는데 말입니다. 저는 그때의 일로 재판을 받고 이년 동안 교도소에 있었습니다. 재판을 받고 교도소에 수감된 얼마 후, 저는 제가 끌려간 그 방에 있던 사람이 홍한일 박사님이라는 사실을 알게 되었습니다. 그리고 그 일로 말미암아 박사님이 수의를 찢어 교도소의 창틀에 목을 매달아 스스로 목숨을 끊은 사실도 알게 되었지요.

기영도 그 당시의 일을 알고 있었다. 당시 세간을 경악하게 했던 홍익재단의 이사장이자 국회의원이었던 홍한일 박사의 마약 복용 및 여고생 성추행 사건이었다.

세상의 모든 사람들이 그 얼마나 홍한일 박사를 비난했던가.

당시 홍한일 박사는 재판을 받고 교도소에 수감된 첫 날, 수의를 찢어 만든 노끈으로 감방의 창틀에 목을 매달아 스스로 목숨을 끊었었다.

— 그런데 그 일이 준하의 이 사건과 어떤 관계가 있다는 말씀입니까?

— 이년 동안의 수감생활을 마치고 석방된 저는 아무런 할 일이 없었습니다. 제가 가진 것이라고는 술과 마약에 찌든 제 몸뚱이 하나뿐이었죠. 저는 다시 술집에 나갔습니다. 하루라도 술을 마시지 않으면 그때의 그 고문의 고통에서 벗어날 수가 없었습니다. 술집에 나가 일한 지 일 년여가 지났을까, 그 동안에 저의 몸은 술에 찌들어 있었고, 저는 어느새 심한 알코올 중독자가 되어 있었습니다. 그때 제가 나가던 술집으로 어떤 사람이 찾아왔습니다. 바로 김준하 선생님이었습니다. 선생님은 홍한일 박사님과 있었던 그 일에 대하여 물었습니다. 그러나 저는 처음에는 사실대로 말할 수가 없었습니다. 저를 고문하였던 그 검사가 보낸 사람일지도 모른다고 의심을 했었지요. 그 당시의 고문은 그때까지도 저의 머릿속에 박혀 항상 저를 괴롭히고 있었죠. 제가 말을 하지 않자, 선생님은 그 일에 대하여 더 이상 묻지 않았습니다. 대신에 저를 병원으로 데려가 입원을 시켰습니다. 입원 기간 동안 선생님은 단 하루도 빠지지 않고 병원으로 저를 찾아 왔습니다. 그러나 그때의 그 일에 대해서는 단 한 마디도 묻지 않았습니다. 저는 선생님의 도움으로 삼 개월 동안을 입원하였고, 그 지긋지긋한 알코올 중독에서 어느 정도 벗어날 수 있었습니다. 제가 퇴원을 하는 날, 선생님이 저를 어디론가 데려갔는데, 그곳이 바로 선생님이 계시는 홍익문화연구소

였습니다. 그곳에서 선생님은 제게 말씀하셨습니다. 제가 그 동안에 겪었던 과거의 일에 대해서는 말하지 않아도 좋으니, 단 한 가지만 약속하자고 하였습니다.

– 그것이 어떤 약속이었습니까?

기영이 정색을 하고 물었다.

– 홍익문화연구소가 있는 근처에 제가 거처할 숙소를 마련해 주겠으니, 매일 저녁 여덟시에 홍익문화연구소로 오라는 것이었습니다. 병원에 있는 동안 선생님의 지극한 정성을 보아온 터라 저는 선생님이 결코 그 검사와 같은 나쁜 사람은 아니라는 사실을 알게 되었습니다. 그 이후 저는 선생님과의 약속에 따라 매일 홍익문화연구소로 갔습니다.

– 그곳에서 무엇을 했는데요?

– 선생님은 홍익문화연구소의 수련실에서 저에게 단전수련과 명상을 시켰습니다. 그 수련을 하는 과정에서 선생님은 말씀하셨습니다. 그때까지 제가 겪었던 모든 과거로부터 벗어나 진정한 자아를 찾아야 한다고 했습니다. 생명에는 하늘이 내린 고유한 목적이 있는데 사람들은 그 목적이 무엇인지 모르고 살아가고 있다고 했습니다. 내면 깊숙이 자리 잡은 진정한 자아를 찾을 때 삶의 진정한 목적을 알 수 있다고 했습니다. 그 자아가 바로 우리 인간의 영혼이라고 했습니다. 그러므로 우리는 내면의 진정한 자아를 찾아야 한다고 했습니다. 우리의 삶은 우리의 영혼이 인도하는 길을 따라가야 한다고 했습니다. 선생님은 또 이런 말씀도 하셨습니다. 대개의 사람들은 자기의 몸이 마치 자신

이라는 미혹에 빠져 있다고. 선생님은 자신의 몸이 자기가 아니라고 했습니다. 우리의 몸은 우리의 영혼이 거주하는 집이라고 했습니다. 그래서 술을 마시거나 다른 일로 건강을 해치는 것은 내 영혼이 거주하는 집을 손상시킬 뿐만 아니라, 거룩한 하늘의 뜻을 거스르는 것이라고 했습니다. 그러므로 자학으로 건강을 해치는 것은 하늘에 대하여 죄를 짓는 것이라고 했습니다. 선생님은 또 이렇게 말씀하셨습니다. 우리의 영혼은 그 어느 누구도 훼손할 수 없는, 신령스러운 기운이 가득 찬 신성 그 자체라고 했습니다. 우리의 영혼이 바로 신성이고, 그 신성은 곧 하늘의 기운, 천지기운이라고 했습니다. 모든 생명은 천지기운을 타고 태어났고, 그래서 모든 생명에는 고귀한 신성이 있다고 했습니다. 그리고 모든 생명의 가장 궁극적인 목적은 하늘로부터 물려받은 그 신성을 일깨워 신성의 빛이 인도하는 삶을 사는 것이라고 하셨습니다. 저는 처음에는 선생님의 그 말뜻을 알 수 없었습니다. 그러나 육개월간 수련을 하는 동안에 제 몸이 변하는 것을 느낄 수 있었습니다. 평소 선생님이 하시는 말씀의 뜻을 어렴풋이나마 느낄 수 있었습니다. 그러한 수련을 통하여 저는 술과 마약에 찌들어 있던 몸을 회복할 수 있었습니다. 어느 날 수련을 마친 제가 깊은 명상에 빠져 있을 때, 선생님이 다가와 저의 머리 위에 손을 얹었습니다. 순간 저는 머리에서 제 몸속으로 흐르는 훈훈한 기운을 느꼈습니다. 그런 순간 갑자기 울음이 터져나왔습니다. 그냥 눈물이 줄줄 흘렀습니다. 제 몸과 마음이 정화되어 이제야 비로소 진정한 자아를 찾았다는 기쁨의 눈물이었죠. 그것은 제 자신에 대한 연민의 눈물이었습니다. 저는 그 눈물로 그때까지 저를 짓누르고 있던 악몽과도 같은 그 술집에서의 수치스런 일과 고문의 악몽을 떨쳐 버릴 수 있었습니다. 선생님을 통하여 저는 새로운 생명을 얻을 수 있었던 것이죠. 그리고는 그 동안 제가 당했던 모든 일을 선생님께 말씀드렸습니다.

– 그러니까 그 친구가 홍한일 박사의 사건이 그 검사가 조작한 사건이라는 것을 알게 되었다는 것입니까?

– 예, 그때 저는 그 모든 사실을 남김없이 선생님께 말씀드렸습니다.

– 그러나 그 사건이 준하의 이 사건과 어떤 연관을 가진다는 말씀입니까?

– 연관이 있을 것입니다. 그때 저를 고문하고 술집으로 보낸 검사가 바로 이번에 살해된 김인환입니다. 그리고 그 술집에서 강제로 마약을 먹이고, 체모를 깎은 사람이 최경호 보좌관이었고요. 최경호 보좌관과 함께 칼로 저를 위협한 사람은 아직까지 누구인지 알 수 없습니다. 그러나 그 사람이 누구인지는 최경호 보좌관이 알고 있을 것입니다.

– 그러한 사실이 있었다면 왜 경찰에 알리지 않았습니까?

– 검사가 조작한 사건을 어떻게 경찰이나 다른 검사가 제대로 밝힐 수 있겠습니까? 오히려 제가 무고를 하였다고 또다시 고문을 할 것이 분명한데요.

– 그때 준하는 어떤 말을 하였습니까?

– 선생님은 한동안 아무 말도 하지 않았습니다. 그러다가 그때까지도 울고 있는 저의 어깨를 감싸 안으며 조용히 말씀하셨습니다. 그래

도 용서해야 한다고, 그들에게 연민을 가져야 한다고. 홍익하는 사람은 용서하는 마음을 가진 사람이라고 했습니다. 자비로운 사람이라고 했습니다. 항상 그 속에 사랑을 간직하고 있는 사람이라고 했습니다. 홍익하는 사람은 신성한 빛 속에서 사는 사람이라고 했습니다. 제가 그들을 용서하지 못하면, 저는 언제나 증오와 복수심에서 살게 되고, 그렇게 되면 자애로운 신성의 빛이 없어진다고 했습니다. 그래서 용서해야 한다고 했습니다. 그들을 위해서가 아니라 제 자신을 위하여 용서해야 한다고 했습니다.

용서와 자비, 사랑, 홍익, 신성…. 모든 언어 속에는 그 언어가 가진 정보들이 담겨 있다. 언어는 무형의 것이지만, 생명체와 마찬가지로 그 자체에 에너지가 함축되어 있는 것이다. 또한 언어는 그 자체가 가지고 있는 뜻도 있지만 그 언어를 말하는 사람의 정신도 담겨 있는 것이다. 마약, 술, 알코올 중독, 성추행, 고문과 같은 어두운 단어들을 말할 때와는 달리 여자의 얼굴은 밝게 빛나고 있었다.

– 그 이후 어떻게 되었는가요?

– 그날 이후 선생님은 저에게 홍익문화연구소로 오지 않아도 된다고 했습니다. 이제는 홍익 속에서 사랑하는 마음을 가지고 살아갈 수 있는 용기와 인내를 갖게 되었으니, 더 이상 올 필요가 없다고 했습니다. 그러나 그 다음 날 제가 다시 홍익문화연구소로 가니 선생님은 계시지 않았습니다. 그곳에 있던 직원 한 분이 선생님께서는 어느 절로 갔다고 했습니다.

– 그곳이 무간암이라는 절이지요?

- 아니, 변호사님께서 그것을 어떻게 아세요?

- 그 친구와 함께 한동안 그곳에서 있었던 적이 있습니다. 그래서요?

- 그 다음 날, 저는 선생님을 찾아 무간암으로 갔습니다. 저녁 늦게 무간암에 겨우 도착하니, 선생님은 법당에서 정좌를 한 채로 깊은 명상에 들어가 있었습니다. 스무하루 동안의 단식명상이라고 했습니다. 선생님은 이십일일 동안 물 한 모금 마시지 않고 자세를 흐트리지 않았습니다. 오직 깊은 침묵 속에 잠겨 있었습니다.

그때 갑자기 방문이 열리면서 다급하게 외치는 소리가 들렸다.

- 언니 빨리 나와 봐. 긴급속보야. 아마도 김 선생님의 사건과 관련이 있는 것인가 봐.

기영과 여자가 동시에 일어나 룸 밖으로 나왔다. 입구 계산대 위에 조그마한 TV 하나가 놓여 있었다. 기영은 출입문으로 향하는 복도에서서 TV의 화면을 보았다.

- 다시 한 번 보도해 드리겠습니다. 김인환 당선자 피살 사건과 관련된 것으로 보이는 메시지가 본 방송국에 도착했습니다.

이어 김인환이 살해된 호텔 크라운 804호실의 내부 전경 화면과 얼굴 사진이 뜨고 자막과 함께 변조된 남자의 목소리가 흘러 나왔다.

- 세 번째 정보, ×× 고합 7894, 지혜 속에 진실이 있다.

- 이와 관련하여 B지방검찰청에 나가 있는 정시영 기자를 불러 보겠습니다. 정시영 기자 나와 주세요.

- 예, 여기는 B지방검찰청입니다.

– '세 번째 정보'라고 보내온 'ㅇㅇ고합7894'라는 메시지에 대하여 검찰은 그것이 어떤 의미라고 하는가요?

– 예, 방금 전 이 사건의 수사검사인 김용훈 검사는 'ㅇㅇ고합7894'라는 숫자의 의미는 형사재판에서의 사건번호를 표시하는 것이라고 하였습니다.

– 그렇다면 그 사건번호의 사건이 어떤 사건인지가 무척 궁금한데요. 이에 대하여도 검찰의 언급이 있었는가요?

– 그렇습니다. 방금 메시지가 언급한 사건기록을 열람한 검찰은 'ㅇㅇ고합7894'라는 사건번호 속의 사건은 ㅇㅇ년 당시 국회의원이자 학교법인 홍익재단의 이사장이었던 고 홍한일 박사의 마약복용 및 여고생 성추행 사건이라고 공식 확인을 하였습니다.

– 정시영 기자, 잠깐만요. 고 홍한일 박사의 마약복용 사건이라면 ㅇㅇ년 당시 저희 KNB뉴스 현장고발 시간에서 특종으로 보도했던 사건인데요. 여기에서 잠깐 당시의 화면을 보기로 하지요.

이어 화면이 바뀌더니, 당시 취재를 했던 기자의 얼굴이 나타나며 기자의 흥분한 목소리가 울려 나왔다.

– KNB 뉴스 현장고발입니다. 독립운동가 홍창훈 선생의 후손으로 우리 시대의 최고의 양심으로 추앙받고 있는 홍익재단의 이사장이자 국회의원인 홍한일 박사의 검은 이면을 현장 고발합니다. 여기는 B시 중앙동에 자리 잡은 M룸살롱의 내부 모습입니다.

다시 희미한 화면으로 바뀌더니, 룸살롱의 테이블 위에서 여고생 교복을 입고 가슴을 드러낸, 거의 반나체의 여자 다리 사이에 얼굴을 박고 있는, 한복을 입은 남자의 모습이 비춰졌다. 기자의 말이 다시 이어졌다.

─ 화면에 보이는 모습은 홍한일 박사가 마약을 복용하고 여고생으로 보이는 어린 학생의 다리 사이에 얼굴을 묻고 있는 충격적인 모습입니다. 본 기자는 홍한일 박사가 이곳 룸살롱에서 어린 학생과 함께 마약파티를 즐긴다는 제보를 육개월 전에 입수하고, 그 동안 줄곧 잠복근무하면서 이곳을 예의 주시해 왔습니다. 그러던 중 오늘 저녁 무렵 홍한일 박사가 어린 학생으로 보이는 여자와 함께 이곳으로 오는 모습을 포착했던 것입니다. 기자가 취재 중인 현재 이 시간에도 홍한일 박사와 여자는 마약을 복용하여 의식불명인 상태로 있으며, 여자의 하복부에 아직 체모도 나 있지 않은 상태로 보아 여자는 십대 초반의 어린 학생으로 여겨집니다. 우리 사회 지도층의 경악할 만한 이중적인 모습, KNB 뉴스가 현장 고발합니다. 이상 KNB 뉴스 현장 고발 유철주입니다.

─ 정시영 기자, 지금 본 화면이 당시 홍한일 박사의 마약복용 사건을 보도했던 저희 KNB 뉴스 현장고발 화면인데요. 그런데 이번 김인환 피살 사건과 방금 화면에서 본 당시 홍한일 박사의 사건이 어떤 관계가 있다는 것인가요?

─ 예, 오늘 저희 KNB 뉴스에 보내 온 메시지가 홍한일 박사의 사건을 언급하고 있는 점에 비추어, 이 두 사건은 서로 원인과 결과의 관계, 즉 과거 홍한일 박사의 사건이 이번 김인환 사건의 원인이 아닌가 하는 생각을 갖게 합니다. 그러나 이 두 사건의 구체적 인과관계에 대해

서는 아직 밝혀진 것이 없고, 이 부분에 대하여는 향후 검찰의 수사를 지켜봐야 할 것 같습니다.

－ 정시영 기자, 그리고 메시지의 후반부에 나타난 '지혜 속에 진실이 있다' 는 말은 어떤 의미인지 밝혀진 것이 있는가요?

－ 예, 이 말이 단순히 사건 수사에서 지혜를 발휘해야 한다는 일반적인 의미에 불과한지, 그렇지 않으면 이 말 속에 함축된 다른 의미가 있는지에 대해서는 검찰도 언급을 회피하고 있습니다.

－ 그런데 여기에서 한 가지 의문이 생기는데요. 주지의 사실이다시피 김인환 당선자의 피살은 이미 피고인 김준하와 박형기의 범행임이 밝혀졌고, 현재 공판이 진행 중에 있지 않습니까?

－ 예, 그렇습니다.

－ 그렇다면 이미 기소되어 구속되어 있는 피고인 김준하나 박형기가 이러한 메시지를 보낼 수는 없는 것이고, 그렇다면 결국 오늘의 이 메시지는 김인환 당선자를 살해한 진범이 보낸 것이거나 또는 피고인 김준하와 관계가 있는 다른 공범이 보냈을 가능성이 있다고 여겨지는데요. 이에 대하여 검찰은 어떤 입장을 취하고 있는가요?

－ 예, 지적한 부분에 대하여 검찰은 아직 공식 입장을 나타내지 않고 있습니다. 그러나 검찰은 적잖이 당황하고 있는 기색이 역력합니다. 만약 오늘의 이 메시지가 진범이 보낸 것이라면 검찰은 무고한 사람을 살인죄로 몰아 기소한 것이 되고, 현재 재판이 진행 중인 피고인 김준하의 또 다른 공범이나 다른 누군가가 보낸 것이라면 부실수사를 하였다는 비난을 면치 못하게 되기 때문입니다. 어쨌든 오늘의 이 메

시지로 인하여 현재 진행 중인 김인환 당선자의 피살과 관련한 공판은 새로운 국면을 맞게 될 것으로 보입니다. 이 부분에 대한 향후 검찰의 수사가 주목됩니다. 이상 B지방검찰청에서 KNB 뉴스 정시영입니다.

사건의 실체

어젯밤, TV 뉴스가 보도된 이후부터 정해현은 단 한숨도 자지 못한 채 방안을 서성대고 있었다. 뭔가 잘못되어 가고 있다. 절대로 노출되어서는 안 되는 일이 이미 언론에 보도되고 말았다. 만약 그 사건의 진상이 밝혀지는 날이면 그의 정치생명뿐만 아니라 사법조치까지도 감수해야 한다.

방송국에 메시지를 보낸 사람이 누구일까? 결국 최경호가 일을 저지르고 만 것인가?

그는 밤새 연결되지 않던 전화를 다시 집어 들었다. 발신음이 가는 동안에도 그는 조바심으로 끊임없이 방안을 서성거렸다.

– 아침부터 어떤 놈이야?

송수화기 속에서 아직도 잠이 덜 깬 짜증스런 목소리가 울려 나왔다.

– 송 회장, 나 정 의원이요.

– 아이고, 의원님! 어젯밤 뉴스 때문에 전화를 하신 거군요?

– 잘 알고 있군. 그때 일과 관련해서 말인데, 혹시 짐작 가는 데가 있는가 해서 말이요?

– 글쎄 말입니다. 그때 일을 알고 있는 사람이라고 해 봐야 최경호와 이미 죽은 그 영감 외에는 아무도 알지 못하는데…. 혹시 최경호 이 자식이 정말 사고라도 친 것이 아닐까요?

– 잘 생각해 보시오. 정말 그때의 일을 알고 있는 사람은 최경호와 그 영감밖에 없는가 말이요?

– 최경호가 하지 않았다면…. 김인환은 이미 죽었고, 아, 그 계집이 있지요. 김인환이 데리고 왔던 그 계집 말입니다.

– 그럼, 입을 막아야지. 만약 최경호나 그 여자가 검찰에 불기라도 하면 송 회장이나 내가 어떻게 된다는 것은 잘 알지 않아?

– 알겠습니다. 그런데 어떻게 조치를 할까요?

– 어떻게 하기는, 앞으로 영원히 입을 못 열게 해야지.

– 목을 따달라는 말씀이신데…. 그건 좀 비싸게 치이겠는데요.

– 돈이 얼마가 들더라도 상관없어. 이 일은 나와 송 회장 명줄이 걸려 있다는 것을 모르고 하는 소린가?

– 의원님의 명줄이 걸린 일이지, 내 명줄이 걸려 있지는 않지요. 아이고, 농담입니다.

– 그런데 그 여자를 찾을 수는 있을 것 같은가?

– 곧 아이들을 풀겠습니다. 술집에 나간 년이 그 언저리에 있지 어

디 다른 곳에 있겠습니까?

– 최경호의 소식은 못 들었는가?

– 자식이 어디로 잠수해 버렸는지, 하지만 곧 찾을 수가 있을 것입니다. 너무 걱정하지 마십시오.

– 검찰이나 경찰보다 먼저 찾아내야 해. 찾아내는 즉시 사정보지 말고 처리하도록, 알겠나?

– 예, 여부가 있겠습니까? 수고비나 두둑하게 준비해 두십시오.

음성메시지를 보낸 사람은 누구일까? 어제 저녁 곧바로 정시영 기자로부터 받은 메시지의 발신지를 추적하고자 했으나 그것은 불가능했다. 메시지의 주인공은 분명 발신지가 추적되지 않고 메시지를 보내는 방법을 알고 있는 사람임이 분명했다.

출근하자마자 김용훈 검사의 호출을 받은 박경일 경위는 최수환 경위와 함께 검찰청으로 향하는 차 안에서 메시지의 주인공이 누구일까 하는 생각에 잠겨 있었다.

박경일 경위가 그런 생각을 하면서 검사실로 들어서자, 김용훈 검사가 두터운 안경 속 핏발선 눈으로 그들을 맞았다. 작지만 강단 있어 보이는 김용훈 검사는 아마도 메시지 속의 사건 기록을 검토하느라 꼬박 밤을 새운 모양이었다. 그러나 김용훈 검사는 짐짓 여유 있는 태도로 직접 커피를 타서 두 사람에게 권하며 말했다.

– 커피부터 한잔 하시죠. 이미 보도를 보셨겠지만, 또다시 기분 좋게 한방 먹었습니다. 그래서 두 분께서 좀더 수고를 해주셔야겠습니다.

– 혹시 보도 내용과 같이 진범이 따로 있는 것은 아닐까요?

수사 과정에서도 최경호에 대하여 강한 혐의를 두고 있었던 최수환 경위가 자기의 생각을 강변하는 어투로 말했다.

– 아닙니다. 저는 김준하와 박형기가 진범이라고 확신하고 있습니다. 다만 그 살해의 동기가 문제될 뿐이지요.

– 어떠한 점에서요?

자기의 의견을 바로 무시해 버리는 김용훈 검사의 말에 성미 급한 최수환 경위가 불만 섞인 목소리로 물었다.

– 어젯밤 홍한일 박사의 사건 기록을 세밀히 검토해 보았습니다. 그런데 홍한일 박사의 사건을 수사한 검사가 바로 김인환이었습니다. 그리고 여기에는 최경호도 관련되어 있었습니다.

– 그렇다면 최경호가 범인일 가능성도 있지 않습니까?

최수환 경위가 여전히 자신의 생각을 거두지 않고 김용훈 검사의 말을 차단하며 말했다.

– 제 생각에는 최 경위의 말대로 최경호가 범인일 가능성도 있지만, 이 사건의 열쇠는 메시지를 보낸 사람이 무엇 때문에 홍한일 박사의 사건을 언론에 노출시켰느냐 하는 점에서 찾아야 할 것 같습니다. 즉 메시지를 보낸 사람의 의도는 홍한일 박사의 사건이 이번 김인환 사건의 결정적인 동기가 된다는 것을 암시하고자 했다는 것이지요.

– 그렇습니다. 그래서 두 분께서는 홍한일 박사의 사건을 다시 한 번 조사해 주십시오. 특히 수사 기록에 나와 있는 사람들 중 당시 홍한일 박사와 함께 주점에 있었던 여자의 신병을 최대한 빨리 확보해야

할 것 같습니다. 그리고 혹시 최 경위님의 의견과 같이 최경호가 범인일 가능성을 전연 배제할 수 없으니까, 알아차리지 못하도록 최경호의 신병확보에도 주력해 주십시오.

　– 사무장님. 지금 즉시 이 사건번호의 형사 사건 기록에 대한 문서송부촉탁 신청을 해주십시오. 그리고 가능한 한 빨리 기록을 복사하도록 해주십시오. 지금 바로 재판부에 전화를 해두겠습니다. 그리고 김준하의 접견 신청을 해 주세요.

　기영은 출근하자마자 곧바로 언론에 보도된 홍한일 박사의 사건에 대한 문서송부촉탁 신청을 하도록 지시하고는 교도소로 향했다. 어젯밤, 여자가 말한 내용을 준하로부터 직접 확인해야 했다. 그리고 언론에 보도된 메시지에 대하여 준하로부터 직접 확인할 필요가 있었다.

　– 변호사님, 피고인이 만나지 않겠다고 합니다.

　접견실에서 기다리고 있는 기영에게 교도관이 와서 말했다.

　– 그래요? 다시 한 번 수고해 주십시오. 꼭 만나서 확인할 사실이 있다고요.

　– 변호사님, 글쎄, 만나지 않겠다고 합니다.

　한참을 기다린 후에 돌아온 대답이었다. 기영은 접견실을 나섰다. 준하의 성격으로 보아 기다린다고 나올 리가 만무했다. 기영은 사무실로 돌아왔다. 문서송부촉탁 신청을 한 홍한일 박사의 형사 기록이 복사되어 있었다. 기영은 제일 먼저 홍한일 박사의 피의자신문조서를 폈다.

피의자신문조서

　　아래 피의자에 대한 향정신성의약품관리법위반(마약) 등 피의사건에 관하여 19××. ×. ××. 14:00 B지방검찰청 검사 김인환은 같은 검찰청 사법수사관 오경록을 참여하게 하고 피의자에게 피의 사건의 요지를 설명한 후 형사소송법 제200조 제2항의 규정에 의하여 진술을 거부할 수 있는 권리가 있음을 고지하고, 다음과 같이 신문하다.

문: 피의자의 성명, 주민등록번호, 직업, 주거, 본적을 말씀해 주시겠습니까?

답: 성명 홍한일, 주민등록번호….

문: 진술인은 진술을 거부할 권리가 있음을 고지 받았지요?

답: 그렇습니다.

문: 피의자는 조사관의 물음에 대답하겠습니까?

답: 예.

문: 피의자는 현재 B시 갑구 국회의원이고, 학교법인 홍익재단의 이사장으로 재직하고 있는가요?

답: 그렇습니다.

문: 피의자는 19××. ×. ××. B시 ××동 소재 G방직 강당에서 종업원을 대상으로 강연을 한 적이 있는가요?

답: 예.

문: 피고인이 그 강연을 하게 된 경위는 어떠한가요?

답: G방직의 사장 정해현으로부터 '현대 산업사회와 홍익인간' 이라는 주제로 특별강연을 해달라는 요청이 있었기 때문입니다.

문: 정해현과 피의자는 어떻게 알게 된 것인가요?

답: 정해현 사장은 G방직을 운영하면서 내가 위원장으로 있는 B시 갑구 선거구의 지역구부위원장을 맡고 있기 때문에 평소 잘 알고 있습니다.

문: 피의자는 그날 강연을 했는가요?

답: 그렇습니다. G방직의 강당에서 전 직원을 상대로 강연을 하였습니다.

문: 그 강연은 몇 시쯤에 마쳤는가요?

답: 내 기억으로는 저녁 7시경에 마쳤던 것으로 기억납니다.

문: 강연을 마친 후에는 어떤 일을 하였는가요?

답: 정해현 사장이 저녁 식사 자리를 마련해 두었다고 하여 식당으로 갔습니다.

문: 그 식당이 어디였습니까?

답: 정해현 사장이 제공한 차를 타고 갔기 때문에 그곳이 어디인지는 알 수 없습니다.

문: 그곳에서 식사를 하였는가요?

답: 예.

문: 식사를 하는 자리에는 누가 있었습니까?

답: 정해현 사장과 G방직의 최 실장이라는 사람이 함께 있었습니다.

문: 그곳에서 술을 마셨는가요?

답: 아니요. 나는 술을 마시지 않습니다.

문: 정말 술을 마시지 않았는가요?

답: (잠시 생각하다가) 아, 정해현 사장과 최 실장이라는 사람이 따라주는 맥주 한 잔씩을 마신 것 같습니다.

문: 그날 저녁 피의자는 식사를 마치고 B시 중앙동에 있는 M룸살롱에 간 적이 있지요?

답: 기억나지 않습니다.

문: (이때 M룸살롱의 방에서 촬영한 피의자의 사진을 보이고) 이 사진 속의 남자는 피의자가 맞지요?

답: 맞습니다.

문: 그런데도 피의자는 부인하시는 건가요?

답: 정말 기억나지 않습니다. 내가 왜 이런 장소에 있는지 정말 기억나지

않습니다.

문: 피의자는 이 곳 룸살롱에서 내연의 관계를 맺고 있던 손나영이라는 여자를 부르지 않았나요?

답: 손나영이라는 여자의 이름은 처음 들어봅니다.

문: 피의자와 함께 있는 이 여자가 손나영이라는 여자인데, 피의자는 그래도 부인하시는 건가요?

답: 이 여자가 어떻게 해서 나와 함께 있는지는 모르지만 처음 보는 여자고, 기억이 나지 않습니다.

문: 피의자는 이곳 룸살롱에서 손나영이라는 여자와 함께 맥주에 마약을 타서 마신 사실이 있지요?

답: 아닙니다. 마시지 않았습니다.

문: (이때 피의자에게 혈액채취검사서를 제시하고) 피의자의 혈액을 채취하여 검사한 이 검사서에 마약 성분이 검출되었는데, 그래도 피의자는 부인하시는 건가요?

답: 아닙니다. 나는 내가 왜 이곳에 있는지조차 기억나지 않습니다.

문: 기억이 나지 않는 것은 당시 피의자가 너무 많은 양의 마약을 복용하였기 때문이 아닌가요?

답: 그렇지 않습니다. 마약이라니요. 내가 그런 일을 하다니요. 결코 그런 일은 없습니다.

문: 이 사진 속에 피의자가 있고, 피의자의 혈액에서 마약 성분이 검출된 명백한 증거가 있는데, 그런데도 피의자는 계속 부인하시는 건가요?

답: 정말 기억나지 않습니다. 그날 정해현 사장과 함께 저녁을 먹으면서 맥주를 마신 뒤부터 갑자기 몸이 좋지 않았습니다.

문: 맥주 두 잔을 마셨는데, 그랬다는 말인가요?

답: 그렇습니다.

문: 어떻게 좋지 않았다는 말씀인가요?

답: 몸에 열이 나는 것 같았고, 속이 메스꺼워졌습니다. 그래서 잠시 화장

실에 가서 토하기도 했습니다.

문: 그래서요?

답: 속이 너무 거북하여 잠시 화장실에 갔다가 돌아와 음료수를 한 잔 마신 것 같은데, 그때부터 몸이 더욱 좋지 않았습니다.

문: 어떻게 좋지 않았다는 말인가요?

답: 갑자기 의식이 혼미해지면서 앉아있기조차 힘이 들었습니다. 그래서 동석했던 정해현 사장에게 병원으로 데려다 달라고 한 기억이 날 뿐입니다. 그 이후로는 아무런 기억이 없습니다.

문: 지금 피의자는 죄책을 모면하고자 거짓말을 하고 있는 것 같은데, 이제 바른대로 말을 하는 것이 어떻습니까? 피의자는 위와 같이 마약을 복용한 환각상태에서 손나영의 체모를 깎고 성추행을 한 사실이 있지요?

답: 기억나지 않습니다. 정말 기억나지 않습니다.

문: 피의자는 당시 손나영에게 고등학교 교복을 입으라고 한 사실도 기억나지 않는가요?

답: 손나영이라는 여자도 처음 들어보는 이름입니다. 정말 아무 기억도 나지 않습니다.

문: (이때 손나영과 피의자가 함께 있는 별지 사진을 피의자에게 제시하고) 이 사진 속의 여자가 손나영인데, 이 여자가 입고 있는 옷이 고등학교 교복이라는 사실은 인정하시겠습니까?

답: 고등학교 교복이 맞습니다.

문: 이 여자와 함께 있는 사람이 피의자라는 사실은 인정하시겠습니까?

답: 내 모습이 맞습니다.

문: 이렇게 명백한 증거가 있는데, 그래도 피의자는 부인하시는가요?

답: 정말 기억이 나지 않습니다. 내가 왜 이 자리에 있는지, 이 여자가 누구인지 정말 모릅니다.

문: 이상의 진술은 모두 사실인가요?

답: 그렇습니다.

문: 추가로 더 하고 싶은 말이나, 특별히 하고 싶은 말은 없는가요?

답: 저녁을 먹으면서 맥주를 마신 후부터 몸이 좋지 않아 토하고, 음료수를 마신 후부터 의식이 혼미해지며 더욱 몸이 좋지 않았습니다. 그래서 동석했던 정해현 사장과 최 실장에게 병원으로 좀 데려달라고 한 이후부터 전혀 기억이 나지 않습니다.

문: 더 하고 싶은 말은 없습니까?

답: 예.

　　피의자신문조서에 나타난 홍한일 박사의 진술은 사실일 것이다. 피의자신문조서에 나타난 최 실장이라는 사람은 최경호가 틀림없다. 피의자신문조서에서 홍한일 박사는 음식점에서 정해현과 최경호가 따라준 맥주 두 잔을 마신 이후로 갑자기 몸이 좋지 않게 되었다고 했다. 그렇다면 정해현과 최경호가 홍한일 박사 모르게 이 맥주에 마약을 탔을 것이다. 마약이 든 맥주를 마신 홍한일 박사는 갑자가 몸이 좋지 않아 토했다고 했다. 토한 후 다시 음료수 한 잔을 마셨다고 했는데, 이때부터 의식이 혼미해져서 병원으로 데려다 달라고 했다. 어쩌면 홍한일 박사가 마신 음료수에도 마약이 들어 있었을 것이다. 그런데 정해현과 최경호가 무엇 때문에 이와 같은 짓을 했을까? 기영은 기록에 나타난 최경호의 진술조서를 펼쳤다.

문: 진술인은 현재 G방직의 기획실장으로 재직하고 있는가요?

답: 예.

문: 진술인은 19××. ×. ××. 19:00경 국회의원이자 홍익재단의 이사장인 홍한일 박사와 함께 저녁식사를 한 사실이 있나요?

답: 예.

문: 그 자리에는 누가 있었나요?

답: 정해현 사장이 함께 있었습니다.

문: 그 장소는 어디였나요?

답: B시 ××동에 위치한 홍익관이라는 요정이었습니다.

문: 진술인과 홍한일 박사가 그 장소에 가게 된 경위에 대하여 말씀해 주시겠습니까?

답: 그날 홍한일 박사님이 G방직의 종업원을 대상으로 한 특별강연을 했는데, 강연을 마친 후, 정해현 사장이 식사를 대접하겠다고 하면서 가게 된 것입니다.

문: 홍익관이라는 장소는 누가 마련한 것인가요?

답: 저희들이 식사를 대접하겠다고 하자, 홍한일 박사님께서 자기가 평소 잘 가는 음식점이 있다고 하면서 거기로 가기를 원해서 갔던 것입니다.

문: 거기에서 홍한일 박사는 술을 마셨나요?

답: 예.

문: 어떤 술을 마셨나요?

답: 맥주에다 양주를 섞어 마시는, 소위 말하는 폭탄주를 마셨습니다.

문: 얼마나 마셨는가요?

답: 아마도 그때 홍한일 박사는 식사를 하면서 반주 삼아 마신다는 것이 폭탄주 열 잔 정도는 넘게 마신 것으로 압니다. 저희들이 너무 과음을 하는 것 같아 말렸으나 괜찮다고 하면서 계속 마셨습니다.

문: 그 술자리에는 정해현 사장과 진술인 외에 누가 있었는가요?

답: 음식 시중을 드는 여자 종업원이 한 명 있었습니다.

문: (이때 피의자와 종업원이 함께 촬영된 별지 첨부 사진을 제시하고) 당시 음식 시중을 든 종업원이 이 사진 속의 여자입니까?

답: (진술인이 사진을 자세히 보고 나서) 맞습니다. 그때 시중을 든 여자 종업원이 맞습니다.

문: 이 여자 종업원은 고등학교 교복을 입고 있는데, 당시 시중을 들 때에도 이처럼 교복을 입고 있었나요?

답: 아닙니다. 처음 여자가 들어왔을 때는 한복을 입고 있었는데, 술에 취한 홍한일 박사가 여자에게 옷을 갈아입고 오라고 하였습니다. 옷을 갈아입고 왔는데, 교복을 입고 나왔습니다. 그러자 홍한일 박사는 교복을 입은 이런 어린 아이가 얼마나 좋으냐고 흥겨워했습니다.

문: 그 음식점에서 홍한일 박사가 마약을 복용한 사실은 없습니까?

답: 없었습니다. 그때 정해현 사장은 홍한일 박사가 건네는 술을 마지못해 몇 잔 마셨으나, 저는 운전을 해야 했기 때문에 술을 마실 수가 없었습니다. 줄곧 그 자리에 있었는데, 제가 있는 동안에는 마약 같은 것을 복용하는 것을 보지 못했습니다.

문: 그 음식점에서는 얼마나 오랫동안 있었나요?

답: 약 두 시간 넘게 있었던 것 같습니다. 홍한일 박사가 너무 과음을 하는 것 같아 정해현 사장이 저에게 홍한일 박사님을 집에까지 조심해서 모셔다 드리라고 하면서 먼저 자리를 떴습니다.

문: 그때가 몇 시경이었나요?

답: 아마도 밤 9시경쯤 되었을 것입니다.

문: 그래서 진술인이 홍한일 박사를 집에까지 모셔다 드렸나요?

답: 아닙니다. 제가 집에까지 모셔다 드리겠다고 하자 홍한일 박사님은 여자 종업원을 데리고 저의 차에 타면서 자기가 가자는 곳으로 데려다 달라고 하였습니다. 그때 저는 망설였으나 하는 수 없이 홍 박사님이 시키는 대로 할 수밖에 없었습니다.

문: 그래서 어디로 갔는가요?

답: 시내에 있는 M룸살롱이라는 곳이었습니다.

문: 그래서 진술인도 같이 들어갔습니까?

답: 아닙니다. 그곳이 홍한일 박사님이 은밀하게 이용하는 곳이라는 것을 눈치 채고 두 사람을 M룸살롱 입구에 내려주고 집으로 갔습니다.

문: 진술인은 더 할 말은 없습니까?

답: 예.

기영이 손나영의 말을 듣지 않았더라면 최경호의 진술을 의심하지 않고 사실로 믿었을 것이다. 모든 것은 철저하게 계획되고 조작되어 있다. 기영은 당시 M룸살롱의 지배인이라고 하는 송철준의 진술조서를 펼쳤다.

문: 진술인은 M룸살롱의 지배인으로 재직하고 있는가요?

답: 예.

문: 진술인은 국회의원이자 홍익재단의 이사장인 홍한일 박사를 아는가요?

답: 예.

문: 19××. ×. ××. 21:00경 홍한일 박사가 진술인이 지배인으로 있는 M룸살롱에 온 적이 있는가요?

답: 예.

문: 진술인은 그때 당시의 상황을 말해 줄 수 있나요?

답: 예. 그날 제가 가게에 있는데, 홍한일 박사님의 전화를 받았습니다. 곧 갈 테니까 박사님이 이용하는 방을 비워두라고요.

문: 홍한일 박사가 M룸을 자주 이용하였나요?

답: 저희 가게의 단골 고객이었습니다. 서울에 계시지만, 지역구에 내려오실 때마다 저희 가게를 이용하였습니다.

문: 그래서요?

답: 그래서 제가 미리 방을 비워두고 기다리고 있는데, 박사님이 차를 타고 오셨습니다.

문: 누구와 함께 왔던가요?

답: 제가 처음 보는 사람의 차를 타고 오셨습니다. 박사님은 그 사람을 최 실장이라고 불렀습니다.

문: 최 실장이라고 하는 사람 외에 또 다른 누가 있었나요?

답: 고등학교 교복을 입은 여자와 함께 왔습니다. 그 여자는 전에도 몇 번 박사님과 함께 왔었기 때문에 제가 알고 있습니다.

문: 고등학교 신분의 여자를 술집에 출입하게 하는 것은 불법이라는 사실을 모르는가요?

답: 압니다. 그러나 국회의원님이 데리고 오셨는데, 저희가 어떻게 그것을 거부할 수 있겠습니까? 용서해 주십시오.

문: 술집에 온 후 홍한일 박사가 어떻게 하였습니까?

답: 그것은 제가 모릅니다. 박사님은 일단 방에 들어가시면 부르기 전에는 저희들의 출입을 절대로 금하였습니다.

문: 그날 홍한일 박사가 방에 들어간 후 진술인은 한 번도 그 방에 들어가지 않았습니까?

답: 제가 술을 준비해 드린 후에는 한 번도 들어가지 않았습니다.

문: 술은 어떤 술을 마셨습니까?

답: 양주와 맥주를 준비해 드렸습니다. 참, 도중에 제가 단 한 번 방에 들어간 적이 있습니다.

문: 어떤 일로 들어가게 되었나요?

답: 갑자기 박사님께서 저를 부르더니 일회용 면도기를 가져다 달라고 하였습니다.

문: 그래서 일회용 면도기를 갖다 주었나요?

답: 예.

문: (이때 현장에서 수거한 일회용 면도기의 사진을 진술인에게 제시) 이 면도기의 사진이 당시 진술인이 홍한일 박사께 갖다 준 면도기인가요?

답: 당시 파란색 면도기였던 것으로 기억나는데, 아마도 이것이 맞는 것 같습니다.

문: 진술인은 홍한일 박사가 룸에 올 때마다 마약을 복용한다는 사실을 알고 있었나요?

답: 몰랐습니다. 정말 전혀 몰랐습니다. 홍한일 박사님은 올 때마다 저희들이 출입하는 것을 엄금하였기 때문에 저희들이 알 수가 없었습니다.

문: 평소 홍한일 박사가 왔을 때, 마약을 복용하거나, 복용했다거나 하는 낌새라도 느끼지 못했나요?

답: 고등학교 교복을 입은 여학생을 데리고 오는, 유별난 행동을 하셨지만 마약을 복용할 줄은 정말 몰랐습니다. 정말입니다.

문: 진술인이 마약을 제공해 주지는 않았습니까?

답: 무슨 말씀을 하십니까. 제가 마약을 제공하다니요? 아닙니다. 저는 그런 사실이 없습니다. 정말입니다.

문: 이상의 진술이 사실입니까?

답: 예. 조금이라도 거짓이 있으면 제가 천벌을 받을 것입니다.

송철준의 진술에 의하여 홍한일 박사가 그날 M룸살롱에 왔다는 것은 움직일 수 없는 사실이 되고 말았다. 그리고 송철준에게 일회용 면도기를 가져오게 했다는 진술에 비추어 그 룸 안에서 여자의 체모를 깎았다는 사실도 움직일 수 없는 사실이 되고 말았다.

송철준의 진술은 사실일까? 아니다. 최경호와 송철준이 사실을 조작하는 역할 분담을 하고 있다.

기영은 당시 그 룸에 있었다는 여자의 피의자신문조서를 펼쳤다.

문: 피의자의 성명, 주소, 직업, 주민등록번호를 말해 주시겠습니까?

답: 이름은 손나영, 직업은 무직….

문: 피의자는 국회의원이자 홍익재단 이사장인 홍한일 박사를 알고 있습니까?

답: 제가 중학교 삼학년 때부터 알고 지냈습니다.

문: 피의자는 중학교 삼학년 어린 나이에 어떻게 홍한일 박사를 알았습니까?

답: 당시 저는 가정 형편이 어려워 홍익관이라는 요정에 나가 일을 하고 있었는데 그때 알았습니다.

문: 피의자가 홍한일 박사를 알게 된 그때의 일을 구체적으로 말해 주시겠습니까?

답: 그때 제가 홍한일 박사님 곁에서 음식 시중을 들고 있었는데, 술을 마신 박사님이 저를 귀엽다고 하시면서 그날 밤 자기의 시중을 들라고 했습니다.

문: 그날 밤, 피의자는 홍한일 박사와 성관계를 가졌습니까?

답: 예, 그날 저는 생전 처음으로 성관계를 가졌습니다.

문: 그 이후로도 피의자는 계속하여 홍한일 박사와 관계를 지속했습니까?

답: 예. 박사님이 요정을 들리실 때마다 저에게 시중을 들라고 했습니다.

문: 19××. ×. ××. 19:00 시경, 피의자는 홍익관에서 홍한일 박사의 시중을 들었습니까?

답: 예. 그날 홍한일 박사님이 오신다고 해서 미리 준비하고 있었는데, 박사님이 오셔서 시중을 들었습니다.

문: 그때 홍한일 박사와 같이 온 사람은 누구였습니까?

답: 처음 보는 사람이었는데, 정 사장이라는 분과, 최 실장이라는 분이 함께 오셨습니다.

문: 그날 그 음식점에서 홍한일 박사는 술을 마셨습니까?

답: 예. 마셨습니다.

문: 어떤 술을 마셨습니까?

답: 양주와 맥주를 섞어 마셨습니다.

문: 그때 홍한일 박사가 몸이 불편하다고 하면서 동석했던 정 사장과 최 실장에게 병원에 데려다 달라고 말한 적이 있었는가요?

답: 아니요, 그런 일은 없었습니다.

문: 정 사장이라는 사람은 언제까지 그 음식점에 있었습니까?

답: 홍한일 박사님께서 술을 과하게 드셔 취한 모습을 보고 최 실장이라는 사람에게 집으로 모셔드리라고 하면서 먼저 자리에서 일어났습니다.

문: 그래서 홍한일 박사는 집으로 갔습니까?

답: 아닙니다. 정 사장이라는 분이 자리를 뜨자 최 실장이라는 분이 홍한일 박사님을 자기 차로 모셔 M룸살롱으로 갔습니다.

문: 피의자도 그 차에 함께 타고 갔나요?

답: 예, 박사님께서 저에게 시중을 들라고 하면서 함께 가자고 하였습니다.

문: 피의자는 그날 이전에도 홍한일 박사와 함께 그 룸살롱에 간 적이 있는가요?

답: 예, 박사님은 저에게 시중을 들게 할 때마다 항상 그 룸살롱으로 갔습니다.

문: 이제까지 몇 번이나 그 룸살롱에 간 적이 있나요?

답: 정확하게는 기억나지 않지만, 일 년에 대 여섯 번은 간 것 같습니다.

문: 그날 피의자는 그 룸에서 홍한일 박사와 함께 마약을 복용한 사실이 있지요?

답: 예. 있습니다.

문: 어떻게 복용하였나요?

답: 맥주에 타서 마셨습니다.

문: 마약을 누가 가져왔나요?

답: 박사님이 가져왔습니다.

문: 얼마나 복용했습니까?

답: 처음에 가루를 맥주에 타 마시고, 나중에 다시 한 잔 더 마셨습니다.

문: 홍한일 박사도 그렇게 두 잔을 마셨는가요?

답: 예.

문: 피의자는 그 이전에도 마약을 복용한 적이 있는가요?

답: 예. 있습니다.

문: 언제 복용하였는가요?

답: 정확히는 기억이 나지 않지만, 박사님과 그 룸살롱에 갈 때마다 박사님은 마약을 복용하였고, 저에게도 복용하라고 했습니다.

문: 그렇다면 일 년에 대여섯 차례는 마약을 복용했다는 말인데, 맞는가요?

답: 예.

문: 그날, 홍한일 박사는 피의자에게 성추행을 한 사실이 있는가요?

답: 예.

문: 어떻게 성추행을 했나요?

답: 마약을 복용한 후, 약 기운이 돌자 박사님이 저의 거기를 애무하다가 체모가 나 있는 것을 보고 화를 내었습니다.

문: 무엇 때문에 화를 내었나요?

답: 평소 박사님은 저의 그곳에 체모가 나 있는 것을 좋아하지 않았습니다. 맨 처음 제가 박사님을 만나 시중을 들었을 때는 저의 그곳에는 아직 체모가 나 있지 않았습니다. 그 이후로도 박사님은 항상 체모가 없는 저의 몸을 원했습니다. 그래서 박사님을 만날 때마다 체모를 깎았습니다. 그런데 그날은 제가 시간이 없어 미처 체모를 깎지 못했기 때문에 화를 내었습니다.

문: 그 다음 홍한일 박사는 어떻게 했나요?

답: 화를 내시면서 삼촌을 불러 면도기를 가져오라고 했습니다.

문: 그래서 면도기를 가져왔나요?

답: 얼마 있지 않아, 삼촌이 일회용 면도기를 가져왔습니다.

문: (이때 현장에서 수거한 별첨 일회용 면도기의 사진을 피의자에게 확인 시킨 후) 당시 삼촌이라는 사람이 가져온 면도기가 이것 맞나요?

답: 당시 면도기가 파란색으로 기억나는데, 사진 속의 면도기가 파란색인 것으로 보아 맞는 것 같습니다.

문: 홍한일 박사는 이 면도기로 무엇을 했나요?

답: 저를 테이블 위에 눕게 한 후, 다리를 벌리게 하고는 그곳의 체모를 깎았습니다.

문: (이때 현장에서 수거한 별첨 피의자의 체모를 확인 시킨 후) 이 사진 속의 체모는 현장에서 수거한 것인데, 피의자의 체모가 맞는가요?

답: 현장에서 수거한 것이라면, 아마 맞을 것입니다.

문: 그 이후에 어떤 일이 있었나요?

답: 박사님이 체모를 깎는 동안, 누워 있던 저는 그만 잠이 들어 의식을 잃었습니다. 그래서 그 이후로는 기억이 나지 않습니다.

문: 피의자의 지금까지의 진술은 모두 사실인가요?

답: 예. 모두 사실입니다.

어떻게 이토록 철저하게 사건이 조작될 수 있단 말인가.

카페 소피아에서 만난 여인은 사건 기록에서의 손나영이다.

그런데 혹시 손나영이 기영에게 거짓말을 한 것은 아닐까? 그때 그녀는 김인환의 강요에 따라 반복하여 진술서를 작성했다고 했다. 그렇다면 수사 기록에도 손나영이 작성했다고 하는 진술서가 있을 것이다. 만약 카페 소피아에서 들은 손나영의 말이 사실이라면, 그것은 수사

기록에 있는 손나영의 진술서의 내용과 일치할 것이다. 따라서 손나영의 말이 사실인가의 여부는 그 진술서의 내용에 의해 밝혀질 것이다. 기영은 손나영이 작성한 진술서가 수사 기록에 있는가를 찾아보았다. 놀랍게도 손나영의 피의자신문조서의 바로 뒷장에 진술서 한 장이 첨부되어 있었다. 기영은 진술서를 보았다.

진 술 서

제가 홍한일 박사님을 처음 만나게 된 것은 제가 중학교 3학년 때입니다. 그때 저는 집안이 가난하여 홍익관이라는 요정에 나가게 되었습니다. 그곳에서 저는 처음으로 홍한일 박사님을 알게 되었습니다. 그날 저는 박사님의 시중을 들었고, 그날 밤 처음으로 박사님과 성관계를 가지게 되었습니다.

그 이후 박사님은 홍익관에 오실 때마다 저를 찾았습니다. 박사님과의 관계는 제가 고등학교에 다닐 때도 계속되었습니다. 제가 고등학교에 다닐 때는 일 년에 4-5번씩은 박사님을 만났습니다. 제가 박사님을 만날 때마다 박사님은 저에게 항상 교복을 입으라고 하였고, 저와 성관계를 가지기 전에는 항상 마약을 복용하였습니다.

19XX. X. X. 19:00경 저는 홍익관에서 박사님을 만났습니다. 그곳에서 술을 드신 박사님은 저를 데리고 그 술집으로 갔습니다. 그곳에서 저와 박사님은 함께 마약을 복용하였습니다. 마약을 복용한 박사님이 저의 몸을 만지다가 저의 그곳에 털이 나있는 것을 알고 갑자기 화를 내면서 술집 삼촌을 불러 면도기를 가져오라고 하였습니다. 삼촌이 면도기를 가져오자 박사님은 저를 술집 테이블 위에 눕게 한 후 면도기로 저의 그곳의 털을 깎았습니다.

박사님께서 털을 깎고 있는 동안에 저는 마약에 취해 의식을 잃었는지 그 뒤로는 아무 기억이 나지 않습니다.

이상의 진술은 모두 사실입니다.

19××. ×. ×.

위 진술인 손나영

손나영의 말은 모두 사실이다. 어떻게 이러한 일이 있을 수 있단 말인가. 범죄를 응징해야 할 권력기관이 그 권력을 이용하여 오히려 범죄를 저지르고 있다. 그것도 도저히 용납할 수 없는 비도덕적인 범죄를 저지르고 있다. 이러한 음모에 의해 홍한일 박사는 모든 사회적 지위를 한순간에 잃어버렸다. 그리고 홍익재단의 이사장이라는 교육자로서의 도덕성마저 여지없이 매도되어 버렸다. 여자의 체모를 깎게 만든 것은 홍한일 박사의 도덕성에 치명상을 입히고자 한 치밀하게 계획된 것이었다. 사실의 진위를 불문하고 이와 같은 상태에 직면한 홍한일 박사가 죽음을 선택한 것은 어쩌면 당연한 일이었을 것이다. 그렇다면 홍한일 박사의 죽음은 자살이 아니라 김인환과 정해현, 최경호가 공모한 범죄에 의한 살인이다.

그런데?

이 모든 사실을 준하가 알게 되었다. 홍한일 박사가 누구인가. 준하가 아버지 다음으로 존경하는 스승이자 정신적 지주가 아니었던가. 그러한 홍한일 박사의 죽음의 진상을 알게 된 준하가 복수를 하고자 한 것은 당연한 일인지도 모른다. 준하 자신도 김인환과 정해현, 최경호로부터 얼마나 고통스러운 시간을 보내야만 했던가.

준하의 인생 또한 김인환과 정해현, 최경호의 범죄행위에 의하여 철저하게 망가지고 황폐해져 버렸다. 그런데 그의 정신적 지주로서 가장 존경했던 스승인 홍한일 박사가 죽음에 이르게 되었다. 그것도 당신의 사회적 지위와 명성, 당시 민족의식의 지주라고 존경받던 교육자로서 최소한의 도덕성마저 철저하게 파괴되어 처참한 죽음을 강요당했다.

이러한 상태에서 준하가 택할 수 있었던 것은? 그렇다면 김인환의 살해범은 역시 준하란 말인가. 살해 동기에 대한 용훈의 추리대로 역시 준하가 살인을 저질렀다는 말인가.

그렇다면 너무나 충격적인 사실이다. 어쩌면 준하를 위하여 기영이 할 수 있는 일은 아무 것도 없을 수도 있다. 기영은 온몸에 힘이 빠졌다. 수사기록을 덮고 그냥 멍하니 의자에 앉아 있었다.

이대로 물러서야 하는가. 이대로 주저앉아 버려야 하는가.

그런데?

텅 비어 버린 기영의 머릿속으로 한 가지 의문점이 떠올랐다.

김인환과 정해현은 무엇 때문에 그들과 아무런 관계없는 홍한일 박사에게 그러한 비열하고 악독한 짓을 저질렀을까. 그 이유는?

기영은 정해현이 걸어왔던 지난날을 되새겨 보았다.

준하를 국가보안법위반으로 구속되게 한 후 정해현은 그가 원하던 바대로 총학생회장이 되었다. 그런 정해현이 졸업 후 정치에 투신한 것은 당연한 수순이었다. 정해현은 졸업 후 당시 국회의원이던 홍한일 박사의 지역구인 B시 갑구의 청년부장이 되었다는 소리를 들었다. 그리고 수사기록에는 당시 정해현이 가업으로 물려받은 G방직의 사장이었고, B시 갑구의 지역구부위원장이라고 했다. 그런데 홍한일 박사의 사건이 있은 후 정해현이 B시 갑구의 지역구위원장이 되었다. 그리고 다음 선거에서 그는 B시 갑구의 공천을 받아 꿈에 그리던 국회의원이 되었다.

기영은 알 것 같았다. 모든 것은 정해현의 공작이다. 고등학교 때 반장이 되기 위해 최경호를 시켜 자해를 하게 하여 준하를 소년원에 보낸 그였다. 대학 때 학생회장이 되기 위해 준하를 국가보안법 위반으로 음해하여 교도소에 보낸 그였다.

같은 지역구의 위원장으로 현직 국회의원인 홍한일 박사가 있는 한, 졸업 후 B시 갑구의 지역구부위원장이 된 정해현이 같은 지역구에서 공천을 받아 국회의원이 된다는 것은 요원한 일이었을 것이다. 당시 홍한일 박사는 홍익재단의 이사장으로 인재를 양성하는 교육자였고, 학문적인 면에서도 새로운 실증사학의 모델을 제시한 민족사학자로서 추앙을 받고 있었다. 그러한 홍한일 박사가 있는 한 정해현의 정치적 미래는 없다고 판단했을 것이다. 그래서 정해현은 그의 정치적 미래에 걸림돌이 되는 홍한일 박사를 제거하려 했을 것이다. 홍한일 박사를 제거하는 방법은 가장 치욕적인 도덕적 스캔들을 만들어 다시는 재기할 수 없도록 하는 계획일 것이다.

그런데 그 방법이 얼마나 치졸하고 사악한가. 이 시대의 도덕적 양심이자 참된 교육자의 지표로 추앙받던 사람에게 마약과 성추행이라는 씻을 수 없는 오명을 남기게 하였으니! 그러고 보면 그날의 일은 모든 것이 처음부터 철저하게 준비된 일이었다. 마약을 복용하게 하고, 손나영의 체모를 깎은, 그 모든 일이 홍한일 박사를 철저하게 도덕적으로 파멸시키기 위하여 처음부터 치밀하게 계획된 일이었다.

그런데 권력을 가진 김인환이 이에 동조하다니! 그것도 이러한 범죄를 처벌해야 할 검사라는 신분을 가진 사람이….

이러한 사실을 알게 된 준하의 심정은 어떠했을까. 그가 성인군자가 아닌 이상 복수를 결심했을 수도 있다. 모두를 다 용서했으나 홍한일 박사의 죽음으로 인해 그의 분노가 되살아났을 수도 있다. 준하의 개인적인 불행을 초래했던 사람들 중 '한 사람이 용서가 안 돼'라고 했던 준하의 말 속의 그 '한 사람'이란 바로 김인환이었는데, 그런 그가 홍 박사의 죽음에까지 개입했다면 준하의 인내심도 한계를 넘었을 것이다.

그러나 이제까지의 공판에서 드러난 살해 동기에는 아직 홍한일 박사의 사건이 개입되지 않았다. 준하의 개인적인 불행이 살해 동기라고 믿고 있는 용훈은 이 사건으로 또 다른 살해 동기를 첨가하게 될 것이다. 이 사건의 진상과 준하와 홍한일 박사의 관계가 드러난다면 준하의 범행은 심증을 넘어 확신이 되어 버릴 것이다. 그렇다고 이 사실을 공개하지 않는다면 정해현과 최경호의 범행은 영원히 은폐되고 만다. 준하의 구명을 위해 이 사실을 은폐할 것인가. 아니면 이 사실을 공개하여 정해현과 김인환의 과거 범죄행위에 대한 응징을 할 것인가.

기영은 심한 혼란에 빠졌다. 그러나 그것도 잠시 용훈이 이 사건을 놓칠 리 없다는 생각에 미치자 기영은 정신을 차렸다.

아니다. 그럴 리가 없을 것이다. 기영은 손나영의 말을 떠올렸다.

'홍익하는 사람은 용서하는 마음을 가진 사람이라고 했습니다. 홍익하는 사람은 자비로운 사람이라고 했습니다. 홍익하는 사람은 항상 그 속에 사랑을 간직하고 있는 사람이라고 했습니다. 홍익하는 사람은 신령스러운 사람이라고 했습니다. 홍익하는 사람은 신성의 빛 속에서 사는 사람이라고 했습니다…'

준하는 홍익하는 사람이다. 그는 용서할 줄 아는 사람이다. 그는 폭력에 맞설지언정 폭력을 행사하는 사람이 아니다. 그는 사랑을 가진 사람이다. 그는 신성의 빛 속에서 사는 사람이다.

그의 사상을 믿자. 그 누구도 믿지 않지만 그래도 나만은 믿어주자.

기영은 마음을 고쳐먹고는 곧바로 보석허가청구서를 작성하기 시작했다.

××××고합1279 살인

보석허가청구서

피고인 김준하
　　　현재 B시 교도소 수감 중
　　　주소 B시 ○○구 ○○동 532
　　　생년월일 19××. ×. ××.

직업 재단법인 홍익재단 부설 홍익문화연구소 소장
피의자의 변호인 변호사 박기영

위 사람은 귀원 ××××고합1279 살인 사건으로 현재 B시 교도소에 수감 중인바, 피고인의 변호인은 다음과 같은 사유로 보석을 청구하오니 허가하여 주시기 바랍니다.

청 구 취 지

피고인의 보석을 허가한다.
라는 결정을 구합니다.

청 구 이 유

1. 피고인에 대한 공소 사실은 공소장 기재 내용과 같습니다.

2. 피고인은 도주할 염려가 없습니다.

피고인은 주거가 일정하고, 별지 첨부의 재직증명서에 나타나는 바와 같이 직업이 안정되어 있어 도주할 염려가 없습니다. 이러한 피고인의 도주의 염려에 대하여는 피고인의 변호인인 본 변호사가 신원을 보증합니다.

3. 증거를 인멸할 우려도 없습니다.

이 사건 피고인의 공소 유지에 필요한 증거로서 범행에 사용된 도구, 공범 박형기의 진술 기타 관계인의 진술은 모두 공소 단계에서 이미 확보되어 있습니다. 따라서 피고인의 보석이 허가되더라도 피고인이 증거를 인멸할 염려가 없습니다(반대로 오히려 피고인의 무죄를 추정하기에 족한 증거들에 대하여는 후술합니다).

4. 법률적 관점
　－형사소송법 제95조, 제96조

　형사소송법 제95조 1호에는 피고인이 사형, 무기, 또는 10년이 넘는 징역이나 금고에 해당하는 죄를 범한 때는 보석을 허가하지 않도록 정하고 있습니다(필요적 보석의 예외 사유). 그리고 이 사건 피고인의 공소장 기재의 사실은 살인이고, 형법은 이에 대하여 사형, 무기 또는 5년 이상의 징역에 처하도록 정하고 있습니다.

　따라서 피고인의 이 사건 보석신청은 위 법 제95조 1항에 반할 수 있어 보석이 불가한 경우라고 할 수 있습니다. 그러나 다음 증거관계 및 공지의 사실에 의하면 피고인의 무죄의 가능성은 크고, 따라서 위 법 제95조에도 불구하고 보석을 허가할 만한 상당한 이유가 있다할 것입니다(법제96조 임의적 보석).

5. 증거관계

　가. 이 사건 공소 사실에 대한 증거는 공범 박형기의 자백과 이 자백에 의하여 확보된 범행에 사용된 도구(칼) 및 범행현장에서 발견된 깨진 샴페인병 조각이 유일한 증거입니다.

　나. 반면 피살체에 대한 부검에서 발견된 공소외 최경호의 머리카락은 이 사건에서의 범인이 위 최경호가 아닌가 하는 심증을 갖게 합니다.

　다. 또한 이 사건 공판에서 증언한 부검의 박상훈의 진술은 피살체에 나타난 두개골 함몰이 증거로 제시된 깨진 샴페인 병에 의한 상처가 아니라 둥근 원형의 망치에 의한 것이라는 소견입니다. 따라서 샴페인 병으로 피살자를 가격하였다는 상피고인 박형기의 진술을 유죄의 증거로 하기에는 부족하다 할 것입니다.

라. 나아가 이미 보도된 바와 같은 공지의 사실(신문보도문 참조)에 의하면 이 사건에는 피고인이 아닌 진범으로 보이는 누군가가 존재하는 사실은 명백합니다(현재 구속되어 있는 피고인이 보도된 사실과 같은 메시지를 방송국에 보낼 수는 없기 때문입니다).

6. 결어

이상과 같은 증거관계에 비추어보면 이 사건에서 피고인이 무죄라는 심증은 한층 더 가중됩니다. 그런데 이와 같이 피고인이 무죄일 가능성이 높은데도 불구하고 피고인의 구금상태가 계속된다면 피고인의 인권을 부당하게 침해하는 것이 되고, 피고인의 방어권 또한 심각한 타격을 받게 됩니다. 따라서 이와 같은 사정은 형사소송법 제96조가 규정하는 피고인의 보석을 허가할 만한 상당한 사유에 해당한다 할 것이므로, 이 사건 피고인의 보석신청을 허가하여 주시기 바랍니다.

첨 부 서 류

1. 변호인의 신원보증서
1. 주민등록표등본(피고인)
1. 재직증명서
1. 보도문 사본

1. 증인 박상훈의 진술조서(참고용)

1. 부검의견서

×××× . ×. ×.

피고인의 변호인

변호사 박기영

B지방법원 형사3부 귀중

– 사무장님, 이 보석허가청구서를 내일 출근하는 즉시 법원에 접수시켜 주십시오.

기영은 사무실을 나섰다. 퇴근 시간이 지나 바깥은 이미 어두워져 있었다. 기영은 사무실의 엘리베이터에서 내려 지하층의 주차장으로 내려갔다.

뭔가 허전했다. 뭔가를 빠뜨린 듯했다.

무엇일까? 그렇다. 카페 소피아(SOPHIA)라고 했다. 왜 진작 그 생각을 못했을까? 'SOPHIA' 라는 의미는 고대 그리스어로 '지혜' 라는 의미이다. 그렇다면 어제 방송국에 도착한 '지혜 속에 진실이 있다' 라는 메시지의 의미는 바로 카페 소피아의 주인인 손나영이 당시 사건의 진실을 알고 있음을 함축적으로 표현한 것이다.

홍한일 박사의 사건은 어제 방송국에 도착한 메시지에 의하여 이미 공개되었다. 용훈이도 이 기록을 검토했을 것이다. 그렇다면 용훈이 또한 홍한일 박사의 사건의 열쇠는 손나영이 쥐고 있다고 간파했을 것이다. 그렇다면 용훈이가 이미 손나영의 신병을 확보했을지도 모른다.

그보다 정해현 또한 홍한일 박사의 사건의 내막을 알고 있다. 아니, 자신이 저지른 범죄인데 모를 리가 없다. 만일 홍한일 박사의 사건의 진실이 밝혀지면 정해현은 모든 것을 잃게 된다. 그렇다면 정해현이 손나영을 그대로 둘 리가 없다.

아! 그렇다면 손나영이 위험하다. 사건을 은폐하기 위하여 정해현이 손나영에게 무슨 짓을 할는지 모른다.

기영은 다급해졌다. 기영은 곧바로 카페 소피아로 전화를 걸었다. 그러나 전화를 받지 않았다. 그래, 어제 저녁 기영의 휴대전화로 손나영이 전화를 했었지. 기영은 휴대전화의 수신번호에 찍힌 손나영의 번호를 눌렀다. 기나긴 신호음 속에서도 전화가 연결되지 않았다.

위험하다. 손나영이 위험하다. 아아! 제발 용훈이가 먼저 손나영의 신병을 확보하고 있기를….

기영은 다시 용훈의 휴대전화로 전화를 걸었다.

— 재판이 끝나기까지 전화하지 않기로 했잖아.

— 손나영의 신병을 확보했어?

— 손나영이라고? 너도 손나영을 알아?

— 손나영의 신병을 확보했느냐고?

기영이 고함을 질렀다.

— 아니, 출근하자마자 수사팀에 손나영의 신병을 확보하라고 지시

했는데, 아직도 보고가 들어오지 않았어.

　－ 손나영이 위험해. 지금 빨리 중앙동에 있는 카페 소피아로 수사팀을 보내 줘. 손나영의 생명이 걸린 일이야.

　－ 지금 어디라고 그랬어?

　－ 중앙동 카페 소피아.

　－ 중앙동이 누구 안방이야? 어느 건물에 있는데?

　－ 이런, 빌어먹을! 그것이 어느 빌딩이더라? 그래, 그래. 중앙동 부광빌딩 이십층이야. 지금 빨리 수사팀을 그 쪽으로 보내 줘.

　기영은 카페 소피아를 향하여 급하게 차를 몰아가기 시작했다.

증거를 인멸하라

– 의원님, 방금 그 계집을 찾았다는 연락을 받았습니다.

– 그래, 어디에 있다고 하던가?

– 중앙동에 있는 소피아라는 카페랍니다.

– 검찰이나 경찰에서 여자를 찾아낸 것은 아니고?

– 그것은 아직 알 수 없습니다. 곧 아이들을 보내어 여자를 데려오
도록 하겠습니다.

– 아이들을 보내어 일이 되겠나? 송 회장이 직접 나서야지. 데려올
필요도 없어. 쥐도 새도 모르게 없애버려.

– 알겠습니다.

– 최경호, 그 자식은 아직 찾지 못했나?

– 죄송합니다. 그 자식이 어디 땅속으로 꺼져버렸는지 통 무소식입

니다. 그러나 조만간 찾아낼 것입니다. 자식이 뛰어봐야 벼룩이지요.

하루 종일 조바심 속에서 보내던 정해현은 그때서야 비로소 다소 마음을 진정시켰다. 그러나 여전히 안심하기엔 일렀다. 경찰이나 검찰이 먼저 여자의 신병을 확보한다면 문제는 걷잡을 수 없이 커지게 된다. 우선 여자만 처리된다면 최경호는 어떻게든 회유할 수 있을 것이다. 만약 최경호가 말을 듣지 않는다면 최경호 또한 영원히 숨을 쉬지 못하도록 할 수밖에 없다.

어제 저녁부터 눈 한번 붙이지 못하고 꼬박 밤을 새운 정해현의 핏발선 눈빛은 살기를 내뿜고 있었다.

− 지금 생각하면 그것은 기자로서의 치욕이었습니다.

− 치욕이라니요?

− 당시 내가 홍한일 박사의 사건을 보도한 것은 육개월 동안의 잠입취재 끝에 이루어진 것이 아니었습니다.

− 당시에는 잠입취재의 개가라고, 온통 그렇게 보도되지 않았습니까?

− 우쭐대기 좋아했던 신출내기 기자의 공명심 때문이었지요.

− 그렇다면 사건의 보도는 다른 취재과정을 거쳤다는 말씀인가요?

− 예, 그렇습니다. 그것은 그날 저녁에 있었던 단순한 제보 전화 한 통 때문이었습니다. 그날 저녁 열한시경, 나는 홍한일 박사처럼 보이는 사람이 M룸살롱에서 마약에 취해 있다는 전화 한 통을 받았지요. 그 전화는 당시 홍 박사가 있었던 M룸살롱의 호실까지 소상하게 말할

정도로 신빙성이 있어 보이는 정보였습니다. 그래서 나는 곧바로 현장으로 달려갔지요. 그런데 현장의 상태를 보는 순간 정말 분노가 치밀어 올랐습니다. 우리 시대 최고의 양심이라는 자가 그렇게 추한 모습을 하고 있다니…. 대단한 충격이었습니다. 그때 나는 기사도정신 같은 오기가 생겨났지요. 우리 시대의 양심이라는 얼굴로 모든 사람을 기만한 이런 사람은 철저히 응징되어야 한다는…. 그래서 그날 단순한 제보 전화를 받았던 사실을 숨기고 오랜 기간 동안 잠입취재를 한 것처럼 그렇게 보도를 해버렸습니다. 거기에는 당시 갓 출발한 기자로서 근사한 특종 한 방을 터트리겠다는 공명심도 있었고요.

－ 그렇다면 그때 유 부장님께 제보를 한 사람이 누구인지 알아봤습니까?

－ 그런데 그 제보자가 누구인지 알 수가 없었습니다. 그것이 당시 나의 가장 치명적인 실수였습니다. 그때 제보자가 누구인지 알 수 있었다면 당시 홍 박사의 사건의 실체를 파악할 수 있었을 것인데…. 그런데 사건 보도 직후 홍 박사가 자살을 하자, 어쩌면 이 사건은 누군가의 음모에 의해 조작된 것일 수도 있다는 생각이 들었습니다.

－ 지금 음모라고 했습니까?

－ 예. 어쩌면 그날, 나에게 제보를 한 사람이 음모로 그렇게 현장을 꾸며 놓고, 일부러 나를 통해 언론에 보도가 되도록 했을 수도 있다는 생각이 늦게야 들었던 거지요.

－ 왜 그런 생각을 하였습니까?

－ 우선 제보자가 누구인지 알 수 없었습니다. 그리고 그 이후의 취

재과정에서 알게 된 사실이지만, 당시의 상황에 대하여 홍 박사는 정말 몰랐던 것 같았습니다. 그런데 사건의 진실이 밝혀지기도 전에 홍 박사는 이미 목숨을 끊고 말았지요. 그 이후 나는 심한 죄책감에 사로잡혔습니다. 신출내기 기자의 우쭐대는 공명심이 우리 시대의 양심을 죽여 버렸다는….

  ─ 그 이후에 혹시 다른 정보를 들은 것은 없었습니까?

  ─ 아뇨, 그 이후 저는 더 이상 그 사건을 파고 들 수가 없었습니다. 만약 더 이상 파고들었다가는 잠입취재를 하였다는 내 거짓말이 드러날까 두려웠습니다.

  ─ 그런데 왜 지금에서야 이 이야기를 합니까?

  ─ 어제 홍 박사의 사건과 관련된 메시지가 보도된 직후 나는 많은 생각을 했습니다. 내가 지금까지 두려워하고 있었던 생각, 즉 사건을 어떤 사람들이 꾸며 놓고, 나를 이용하여 현장을 보도하게 하고, 그리하여 홍 박사는 스스로 목숨을 끊게 되고…. 아까도 말했습니다만, 만약 나의 생각대로 이 사건이 어떤 음모에 의해 이루어졌고, 그래서 홍 박사가 목숨을 끊었다면, 나는 살인을 방조한 셈이지요. 사실 그러한 죄책감에서 나는 하루도 자유롭지 못했습니다. 이제 그 죄책감에서 벗어나는 길은 이 사건의 실체에 접근해야 한다는 것입니다. 더 이상 내 헛된 명예와 공명심 때문에 사건의 실체를 은폐해서는 안 되겠다는 결심을 했던 거지요. 그래서 오늘 아침 보도부 기자들과의 회의에서 나의 이러한 생각을 밝히고, 당시의 사건의 실체를 캐기 위해 모든 취재원을 가동하도록 했습니다. 취재가 끝나면 진실이 밝혀지겠지요. 진실

이 밝혀지면, 그때서야 비로소 나는 조금이나마 죄책감을 씻을 수 있을 것 같습니다.

KNB방송의 보도부장 유철주의 얼굴은 고뇌로 일그러져 있었다. 퇴근 시간이 지날 무렵이라 KNB방송국의 지하 커피숍에는 방송국 직원들로 꽤 붐비기 시작했다.

유철주 부장의 이야기를 들은 박경일 경위는 머리를 설레설레 흔들었다. 유철주 부장의 생각대로 이 사건이 음모라면 정말 엄청난 일이 아닐 수 없었다.

그보다 지금쯤 최수환 경위는 손나영의 신병을 확보했을까? 박경일 경위는 손나영과 최경호의 신병을 확보하기로 하고, 우선 손나영의 주민등록에 나타난 주소지를 찾아갔으나 그녀는 집에 없었다. 아파트 옆 동에 사는 아주머니가, 손나영은 혼자 산다고 했으며, 저녁때에 나가 아침에 들어오는 것으로 보아 어디서 술집을 하는 것 같다고 했다. 박경일 경위는 손나영이 집에 돌아오면 꼭 좀 연락을 해달라는 부탁을 하고 일단 그 집을 나왔지만, 손나영의 신병 확보가 한시가 급한 마당에서 마냥 연락이 오기만을 기다리고 있을 수가 없었다. 그래서 세무서로 가서 B시 전체 사업자등록명부에서 손나영이라는 이름으로 된 상호를 찾아보았다. 그러나 세무서의 사업자등록인 명부에는 그런 이름은 없었다.

그래서 최수환 경위 혼자 손나영의 집 근처에서 기다리기로 하고, 그는 당시 홍한일 박사의 사건을 현장에서 최초로 보도한 KNB방송의 유철주 부장을 찾아보기로 한 것이었다. 유철주 부장은 어쩌면 당시의 상황에 대하여 좀더 많은 정보를 가지고 있을 것이라는 생각이 들었기 때문이었다. 특히 보도에 의하면 유철주 부장은 무려 육개월 동안의 잠입 취재 끝에 사건을 보도할 수 있었다고 했다. 그렇다면 유철주 부장은 육개월 동안의 잠입 취재 기간 동안 또 다른 정보를 얻었을 것이라고 짐작했던 것이다.

그러나 유철주 부장은 그 사건의 보도는 잠입취재에 의한 것이 아니라 사건 당일 있었던 단순한 제보 전화 한 통에 의한 것이었고, 더구나 그 제보자 또한 알 수 없었다고 했다. 결국 유철주 부장으로부터 모종의 정보를 얻을 수 있을 것이라는 박경일 경위의 기대는 무산된 셈이었다.

― 수사에 협조해 주셔서 고맙습니다.

박경일 경위가 막 일어서려는데 휴대전화가 울렸다.

― 예, 박경일입니다.

― 김용훈 검삽니다. 지금 즉시 중앙동 부광빌딩 이십층의 카페 소피아로 가십시오. 손나영이 그곳에 있습니다. 급합니다. 즉시 그곳으로 가서 손나영의 신병을 확보해 주십시오.

― 알겠습니다. 그럼 유 부장님 다음에 또….

박 경위는 급히 일어나 방송국의 주차장에 세워 두었던 차로 달려갔다.

제발 무사해야 할 텐데….

퇴근시간 러시아워였다. 기영은 다시 한 번 손나영의 휴대전화로 전화를 걸어 보았다. 이런 우라질! 전화는 여전히 불통이었다.

원활한 교통 흐름이라면 불과 십분 정도면 도착할 수 있는 거리였다. 차들은 거북이처럼 천천히 움직였다. 전방에 신호등이 보였다. 저 신호등에 걸려 버리면 늦을지도 모른다. 기영은 소통이 조금 더 원활한 옆 차선으로 끼어들었다. 빵, 빵. 뒤에서 전조등 불빛이 번쩍거렸다. 전방에 보이는 신호등이 바뀌려 하고 있었다. 기영의 차 앞에는 세 대의 차가 있었다.

제발, 좀, 빨리 가자! 그러나 차는 여전히 느림보로 꾸물대고 있었다. 신호가 바뀌었다. 두 대의 차는 교차로를 지나갔으나 앞에 가던 차가 속도를 늦추면서 정지선 앞에 멈추고 있었다. 안 돼. 그대로 달려! 그러나 앞차는 서 버렸다. 기영은 비상등을 켜고, 옆 차선으로 다시 꺾어 들어 사거리 교차로를 그대로 달려 나갔다. 옆에서, 뒤에서, 다시 빵빵거리며 전조등이 번쩍거렸다. 기영의 차로 인해 사거리 교통이 완전히 뒤엉켜 버렸다. 욕하는 소리가 귀에 들리는 듯했다. 그러나 신경 쓸 겨를이 없었다. 너무 긴장하고 조바심을 낸 탓일까. 이마에서도 땀이 흐르고 있었다. 손에도 땀이 흥건했다. 멀지 않은 곳에 부광빌딩의 모습이 보였다. 기영은 차를 도로변에 주차시킬 수 있도록 미리 차선을 바꾸었다. 차가 겨우 빌딩 앞에 도착하자, 기영은 부광빌딩 지하주차장 출구 옆, 도로변에 차를 그대로 주차시켜 놓고 입구를 향하여 달리기 시작했다.

기영이 빌딩의 로비로 막 들어섰을 때, 로비 중앙에 있는 엘리베이터의 열린 문으로 검은 양복을 입은 두 사람의 남자가 타고 있었다. 막

닫히는 엘리베이터 문틈 사이로 남자의 얼굴이 보였다.

아! 저 얼굴은….

기영은 온몸으로 강한 전류가 흐르는 듯했다. 그날, 고등학교 때, 골목길에서 속수무책으로 린치를 당할 때의 그 얼굴. 광대뼈가 튀어나오고 코가 납작한 저 얼굴. 나이가 들어 살이 좀 찐 얼굴이었지만 어찌 저 잔인한 얼굴을 잊을 수 있으랴. 그 골목길에서 녀석이 내뿜던 담배연기. 쓰러진 바닥에서 코로 파고들었던 연탄재 냄새….

– 잠깐만요. 같이 갑시다.

기영이 로비를 가로질러 뛰었다. 엘리베이터는 기영의 외침에도 아랑곳하지 않고 닫히고 말았다. 기영은 엘리베이터 문 앞에서 숨을 헐떡거렸다. 두 대의 엘리베이터 중 한 대가 13층에 머물러 있는 표시가 보였다. 비상구 계단을 통하여 20층까지 올라가는 것은 시간이 너무 걸린다. 어쩔 수 없이 엘리베이터를 기다리기로 했다.

이런 우라질! 이놈의 엘리베이터는 왜 이리 늦게 내려오나! 기영이 놓친 엘리베이터는 이미 16층에 도달했는데도 13층에 있는 엘리베이터는 무슨 유람이라도 하는 듯 각 층마다 멈추면서 이제 겨우 6층을 지나고 있었다.

녀석이다. 위험하다. 빨리 피해라고 알려야 한다.

기영은 카페 소피아로 다시 전화를 걸었다. 제발, 빨리 전화를 받아!

– 예, 소피아입니다.

기영은 가슴을 쓸어 내렸다. 손나영인 듯했다.

– 여보세요. 손나영 씨. 어제 만났던 박기영 변호삽니다. 빨리 피하

세요. 손나영 씨. 여보세요? 여보세요…?

갑자기 끊겨져 버린 전화. 이런! 녀석이 벌써 도착했구나. 이를 어쩌지…?

그때 13층에서 내려온 엘리베이터의 문이 열렸다. 내리는 사람들 동작이 왜 이다지도 굼뜨나.

드디어 마지막 사람이 내리고 기영이 엘리베이터를 타자마자 문이 닫혔다. 기영은 곧바로 20층을 눌렀다.

아차! 엘리베이터는 오히려 지하층으로 내려가고 있었다.

이런 제기랄!

기영은 너무도 화가 나 손바닥으로 엘리베이터 벽을 내리쳤다. 엘리베이터는 지하 3층의 주차장에 가서야 멈췄다. 문이 열리자 지하 3층의 주차장에서 기다리고 있던 두 남자가 탔다. 기영은 다시 20층의 버튼을 누르고는 조바심으로 아예 엘리베이터의 벽에 기대어 눈을 감고 말았다.

제발, 아무 일도 없어야 할 텐데…. 전화가 끊긴 건 그 놈들이 들이닥친 때문이 아닐까?

기영은 다시 전화를 했다. 그러나 엘리베이터 안이라서 그런지 통화 불능 지역이라는 멘트가 울렸다. 1층에서 다시 멈춘 엘리베이터는 미어터질 듯, 다시 유람선이 되어 한가롭게 각 층마다 열렸다 닫혔다 하며 올라가고 있었다.

용훈이 이미 무슨 조치를 취했겠지!

경찰이 먼저 왔을지도 모른다. 너무 조바심을 내지 말자. 그러나 조금 전 엘리베이터에 탔던 남자는 분명 그날 그 골목에서 보았던 얼굴이었다.

그놈들이 먼저면 손나영이 위험하다. 기영의 가슴이 다시 타들어가기 시작했다.

엘리베이터가 20층까지 도달하는 시간이 이토록이나 오래 걸릴 줄이야. 18층에 이르자, 엘리베이터 안에는 지하 3층의 주차장에서 탔던 두 남자와 연인으로 보이는 남녀 한 쌍만이 남아 있었다.

드디어 20층, 기영은 문이 열리자마자 쏜살같이 카페 소피아로 달렸다. 기영이 부술 듯이 카페 소피아의 문을 열었다. 유양이 기다렸다는 듯 달려 나왔다.

– 변호사님.

– 손나영, 나영 씨 어디 있어요?

– 그렇지 않아도 연락드리려고….

– 나영 씨 어디 있어요?

기영이 다급하게 소리쳤다.

– 조금 전 경찰에서 나왔다는 사람과 함께 갔어요? 혹시 오시는 길에 만나지 못하셨어요?

– 경찰? 혹시 검은 양복을 입고 있었어요?

– 예.

– 어느 경찰서 소속이라고 하던가요?

의외의 목소리에 기영과 유양이 깜짝 놀라 고개를 돌렸다. 기영과 함께 지하 3층의 주차장에서 엘리베이터를 탔던 두 남자가 서 있었다.

– 중부경찰서의 박경일 경위와 최수환 경위입니다. 박기영 변호사님이시죠? 김용훈 검사님의 연락을 받고 왔습니다.

– 안 돼! 그놈들은 경찰이 아니야. 손나영이 납치됐어. 조금 전이라고 했지?

기영이 유양의 어깨를 흔들며 말했다.

– 예, 조금 전이요.

기영은 다시 쏜살같이 밖으로 뛰쳐나갔다. 박경일 경위와 최수환 경위가 기영의 뒤를 따랐다. 엘리베이터 앞에 다시 멈춘 기영이 엘리베이터의 숫자 표시를 보았다. 기영이 타고 올라왔던 엘리베이터는 17층, 다른 엘리베이터는 12층을 가리키고 있었다. 두 대의 엘리베이터 모두 내려가고 있었다.

조금 전이라면? 손나영은 지금 12층에 머물고 있는 엘리베이터에 타고 있다. 엘리베이터가 내려갔다 다시 올라오는 동안을 기다리다가는 놓치고 만다.

기영은 비상구 계단을 향하여 뛰기 시작했다. 박경일 경위와 최수환 경위가 기영을 앞서 달려가며 말했다.

– 놈들이 내릴 곳은 지하 이, 삼, 사층 주차장 밖에 없습니다. 제가 지하 삼층으로 가고, 최 경위가 사층으로 가겠습니다. 변호사님은 이층으로 가세요. 비상연락은 김용훈 검사를 통해서 하십시오.

고함을 지르며 말하는 박경일 경위와 최수환 경위는 이미 기영보다 한 층을 앞서 계단을 뛰어 내려가고 있었다.

제발, 엘리베이터가 도중에 자주 멈추기라도 해야 할 텐데. 기영은 있는 힘을 다해 계단을 뛰어 내려갔다. 겨우 10층까지 밖에 내려오지 않았는데, 숨이 가빠오고 다리에 힘이 빠지고 있었다. 안 돼. 힘을 내. 손나영의 생명이 걸려 있어. 4층, 3층, 다리가 풀리고 있었다. 안 돼. 멈추면 안 돼. 놈들을 잡아야 해. 2층, 1층, 숨이 턱에 찼다. 안 돼. 절대 멈추면 안 돼. 손나영을 구해야 해. 지하 1층. 기영은 계속 뛰었다. 지하 2층, 숨을 헐떡이며 엘리베이터의 숫자를 바라보았다. 손나영이 탄 엘리베이터는 지하 3층을 표시하고 있었다.

이미 늦어버린 것일까.

기영은 주차장으로 달려갔다. 빼곡하게 들어선 주차장의 차 사이에 저만치 검은 양복을 입은 남자 두 사람과 여자의 뒷모습이 보였다. 남자 둘이 여자의 양 팔을 끼고 있었다. 등까지 길게 늘어뜨린 머리카락, 여자의 뒷모습은 틀림없는 손나영이었다. 남자와 여자의 모습이 차안으로 사라지고 있었다. 시동이 켜지는 소리와 동시에 전조등이 비치며 차가 서서히 움직이기 시작했다.

저 차다. 이미 주차장에서 손나영을 구출하기란 틀린 일이다. 기영은 주차장의 출구 쪽으로 달려갔다.

'검은 색 그랜져 8508'

손나영이 탄 차의 번호를 확인한 기영은 다시 계단을 향하여 뛰었다.

지하 1층, 다리가 풀어져 곧 허물어질 것 같았다. 1층, 제발 저 놈의 차가 아직 빠져나가지 않았기를….

도로변에 세워 둔 차는 그대로 있을까. 혹시 불법주차라고 견인이라도 해가 버린 것이 아닐까. 방정맞은 생각이 들었다. 기영은 로비를 가로 질러 도로로 뛰어 나왔다. 건물의 지하주차장 출구에서 검은색 그랜저가 빠져 나오고 있는 모습이 보였다.

8508! 잡았다.

기영은 도로변에 주차시켜 둔 자기의 차로 뛰어갔다. 기영이 차에 올라 시동을 켜는 사이 손나영이 탄 차가 기영의 차 앞에서 좌회전 깜박이등을 켜고 나타났다. 기영은 깜박이등도 켜지 않은 채 그 차 뒤로 바짝 다가붙었다. 혹시 미행을 눈치 챈다면 차 안에서 손나영을 해칠지도 모른다.

자연스럽게 차를 멈추게 하여 손나영을 구출하는 방법이 없을까. 그래, 사고를 내자. 일부러 교통차고를 내 교통경찰이 오면 그때 도움을 요청하자.

손나영이 탄 차는 어느새 8차선 넓은 도로의 일차선으로 진입해 들어가 있었다. 조금 전 부광빌딩으로 올 때 신호를 위반했던 교차로가 나왔다.

그래, 저 교차로에서 사고를 내자. 기영은 손나영이 탄 차의 꽁무니를 따라 일차선으로 차선을 변경했다. 교차로에 적색신호등이 들어왔다.

기영의 앞에 가던 차가 멈췄다. 기영도 따라 멈췄다.

그래, 신호가 바뀌고 출발한 후 교차로의 중간 지점에서 추돌사고를 일으키자. 기영은 안전벨트를 점검했다.

황색 신호등, 앞 차가 출발준비를 마치고 움직이기 시작했다. 푸른 신호등, 앞 차가 출발했다. 기영은 액셀러레이터에 발을 올려놓았다.

그 순간, 앞 차가 쏜살같이 교차로를 질주하기 시작했다. 그것은 기영 도 전혀 예측하지 못한 것이었다. 앞 차는 이미 기영의 미행을 알아차린 것 같았다. 어쩔 수 없었다. 추돌사고를 내겠다는 기영의 의도는 빗나가고 말았다. 앞 차는 이미 무수한 자동차들 사이에 섞여 저만치 멀어져 가고 있었다.

놓쳐서는 안 된다. 기영도 맹렬하게 가속 페달을 밟았다. 기영의 미행을 알아차린 앞 차는 요리조리 곡예운전을 하며 빠르게 빠져 나가고 있었다. 기영도 덩달아 곡예운전을 해야 했기 때문에 전화를 할 수도 없었다. 오직 앞 차를 놓쳐서는 안 된다는 생각뿐이었다. 몇 번이나 신호 위반을 했을까. 차는 어느새 번잡한 시내를 벗어나 차량통행이 한 적한 해안 도로를 달리고 있었다. 그러나 이곳이 어디쯤인지 알 수 없었다. 놓치면 안 된다는 일념으로 앞 차의 꽁무니만을 쫓다보니 주위의 지형지물을 전혀 보지 않고 왔기 때문이었다.

기영이 그들을 뒤쫓고 있다는 사실을 모르고 있는 것일까. 아니면 알고 있으면서도 일부러 속도를 줄인 것일까. 앞 차가 느긋하게 속도를 늦추고 있었다. 그때서야 기영은 휴대전화를 꺼내어 용훈에게 전화를 걸었다. 그러나 계속하여 신호가 가는데도 전화를 받지 않았다.

꼭 이런 중요한 때에 전화를 받지 않다니! 울화가 치밀었다. 다시 전화를 했다. 여전히 불통이었다.

아까 왔던 경찰이 누구라고 했더라. 중부경찰서의 박경일 경위라고 했던가.

기영은 곧바로 112로 전화를 걸었다. 순간 앞 차가 맹렬한 속도로

질주하기 시작했다.

이런 제기랄! 기영은 폴더가 열린 채로 전화기를 조수석에 던지고 앞 차를 따라 속도를 가했다. 꼬불꼬불한 2차선 해안선 도로라 까딱 잘못하다가는 차가 절벽 아래로 굴러 떨어질 판이었다. 기영이 속도를 내었지만 앞 차는 이미 산모퉁이를 돌아 점점 더 멀어져 가고 있었다.

아아, 결국 놓치고 마는가! 도로변을 따라 소나무 숲이 우거진 해안 도로였다. 도로 아래로는 끝도 모를 절벽이 있을 것이었다. 몇 번 산굽이를 돌았는데도 앞 차는 보이지 않았다. 기영의 뒤에서도, 맞은편에서 오는 차들도 없었다. 이렇게 어둡고 인적이 드문 도로에서 손나영 같은 연약한 여자 하나를 절벽 아래로 던져 버린다 해도 아무도 모를 것 같았다. 큰일이다. 이미 녀석들은 손나영을 해쳤는지도 모른다.

기영은 몸을 부르르 떨었다. 또 산굽이를 도는 순간, 갑자기 앞을 가로막는 검은 물체를 발견하고 반사적으로 브레이크를 밟았다.

끼이익! 급제동의 날카로운 소리에 타이어 타는 냄새가 났다. 검은 형체 앞에 차가 겨우 정지하는 순간, 어디서 나타났는지 기영의 차 좌우에서 동시에 두 녀석이 달려들었다.

꽝, 꽝, 너무도 순식간의 일이었다. 기영의 차의 조수석과 운전석의 창문이 한꺼번에 부서져 내렸다. 기영은 반사적으로 팔로 얼굴을 감쌌다.

— 이 개자식! 내려!

기영이 머리를 드는 순간, 검은 형체가 커다란 해머로 다시 한 번 운전석 옆문을 내리 찍었다.

– 이 개새끼야! 내리라는 말 안 들려?

찌그러진 문이 열리고 녀석이 기영의 멱살을 잡았다. 깨진 유리파편에 맞은 얼굴이 따끔거렸다. 피가 흐를 것이었다. 반항을 하기도 이미 늦었다.

그래, 그때도 그랬었지. 그때 그 골목에서도 그랬었지. 그 골목에서도 소년은 속수무책으로 당했었지. 피식 웃음이 나왔다. 그러나 이상하게도 두렵지가 않았다.

기영은 녀석의 멱살에 끌려 차에서 내렸다. 그때서야 기영은 상황을 판단할 수가 있었다. 기영이 급정거를 하게 한 검은 물체는 기영이 이제까지 쫓고 있던 바로 그 차였다. 앞서 간 그들은 모퉁이를 도는 지점에 일부러 차를 정차해 두고 기영이 급정거를 하기를 기다리고 있었던 것이다. 모퉁이를 돌면서 기영이 급정거를 한 순간, 상황은 이미 종료된 것이었다.

기영을 끌어내린 녀석이 기영의 목을 뒤에서 감아 칼을 들이대었다. 조수석 창문을 내리친 다른 녀석이 기영의 왼팔을 꺾어 올리며 옆구리에 또 칼을 들이대었다. 저 만치 또 한 녀석이 손나영의 입을 틀어막고 목에 칼을 대고 있었다. 모두 세 놈이었다.

– 이게 누구신가? 그 잘난 변호사님이시구먼.

옆구리에 칼을 들이댄 녀석이 킬킬 웃으며 말했다. 광대뼈가 튀어나온 녀석이었다.

– 잘됐어. 이 계집 혼자 황천으로 보내는 게 못내 마음에 걸렸는데, 길동무를 만들어 주게 되어 천만다행이야.

– 원하는 게 뭐야? 아직도 정해현의 똘마니 노릇이나 하고 있었군. 이러고도 너희들이 무사할 줄 알아?

약을 올리자. 시간을 끌어야 한다. 어쩌면 박경일 경위가 추적하고 있을지도 모른다.

– 뭐라고? 똘마니라고? 곧 황천길로 갈 새끼가….

녀석이 무릎으로 기영의 아랫배를 쳐 올렸다. 기영이 고통을 못 이겨 허리를 구부리자 목에 닿아 있던 칼날이 살갗을 파고들었다.

– 시간이 없어요. 빨리 해치웁시다.

뒤에서 목을 끌어안고 칼을 들이댄 녀석이 말했다.

– 그래. 시간이 없지. 해치우자.

녀석이 기영의 차로 가 시동을 걸었다. 차가 천천히 움직여 도로의 가장자리에 설치된 가드레일을 찌그러뜨리고는 멈췄다. 가드레일만 벗어나면 차는 끝도 모를 절벽 아래로 굴러 떨어질 판이었다.

녀석이 차에서 내렸다. 손나영의 목을 겨누고 있던 녀석이 갑자기 그녀의 뒷머리를 후려쳤다. 손나영이 비명소리조차 한번 지르지 못하고 축 늘어졌다. 녀석은 쓰러지는 손나영을 안아 기영의 차 조수석에 태웠다. 그리고는 기영 앞으로 와 아랫배를 주먹으로 힘껏 내질렀다. 기영이 극심한 통증을 느끼며 무릎을 꿇자, 이번에는 명치끝이 뜨끔하더니 순간적으로 눈앞이 희미해지며 아무 것도 보이지 않았다.

안 돼!

기영의 흐려지는 의식 속에서 누군가가 소리치고 있었다.

정신 차려!

그날의 그 골목길에서도 그랬다. 의식은 있는데, 몸이 따라주지 않았다.

기영을 운전석에 태우고 있었다. 녀석들의 의도를 알 것 같았다. 기영과 손나영을 차에 태워 절벽 아래로 떨어뜨려 교통사고로 위장하려는 것이다.

뒤에서 전조등이 비쳤다.

쿵! 차가 앞 쪽으로 기우뚱 기울었다.

눈물이 났다. 이대로 죽는 것인가.

― 변호사님.

언제 깨어났는지 손나영이 옆자리에서 놀라 기영을 끌어안았다가 다시 기절을 하고 말았다. 기영은 눈을 감았다. 그러나 아직 차가 절벽 아래로 떨어지는 것 같지는 않았다.

― 야, 가드레일에 걸렸어. 차를 빼 다시 한 번 밀어!

광대뼈 녀석의 목소리였다. 전조등이 잠시 멀어져 갔다. 다시 밀면 속절없이 절벽 아래로 떨어질 것이다. 전조등이 다가오고 있었다.

꽝! 차가 부딪히는 소리가 났다. 이제는 끝이다. 부질없는 생명이여! 이렇게 속절없이 떠날 것을!

그런데 이상했다. 분명히 부딪히는 소리가 들렸는데, 기영이 타고 있는 차는 움직이지 않았다.

― 탕, 탕, 탕.

이건 또 무슨 소린가? 총소린가? 밝은 빛이 기영의 눈을 어지럽혔다. 후다닥하는 어지러운 발자국 소리, 그 뒤로 이어지는 요란하게 차

문을 여닫는 소리, '부아앙' 맹렬하게 급발진하는 소리가 한꺼번에 울려 퍼졌다.

　－ 탕, 탕…. 꼼짝 마. 경찰이다.

　누군가가 외치는 소리가 들렸다.

　－ 최 경위, 인명구조가 먼저야!

　박경일 경위의 음성이었다.

　－ 변호사님, 손나영 씨, 위험합니다. 움직이지 말고 그대로 계세요. 차의 앞바퀴가 허공에 떠 있어요.

　그렇다면 기영과 손나영의 몸이 조금이라도 앞 쪽으로 기울면 자칫 뒷바퀴에 걸린 가드레일을 벗어나 차는 그대로 절벽 아래로 떨어질 것이었다. 조수석에 앉은 손나영이 그대로 실신해 있는 것이 그나마 천만다행이었다. 손나영이 놀라 비명이라도 지르는 순간 자칫 무게 중심이 앞쪽으로 쏠릴 수도 있을 터였다.

　－ 차에 와이어가 있을 텐데?

　박경일 경위의 목소리가 들렸다.

　－ 지금 찾고 있어.

　최수환 경위라고 했었지.

　－ 우선 와이어로 차를 고정시켜 놓고 구조요청 해.

　－ 벌써 요청했어.

　어디선가 헬리콥터 소리가 들려오더니, 어둡던 하늘이 갑자기 환하게 밝아졌다. 뒤이어 구급차와 경찰차의 사이렌 소리가 들리고, 견인차의 어지러운 불빛이 난무했다. 얼마 지나지 않아 기영이 탄 차가 뒤

쪽으로 조금씩 끌려 나갔다.

　- 변호사님, 괜찮으십니까? 정말 천만다행입니다.

　박경일 경위가 차 문을 열면서 말했다.

　기영이 발을 내딛었다. 아아! 살았구나. 이렇게 고마운 땅의 축복이라니….

　기영은 주위를 둘러보았다. 아까 기영이 보았던 세 녀석 중 한 녀석이 권총을 겨눈, 두 명의 정복 경찰 앞에서 뒤로 수갑에 채워져 머리를 숙이고 꿇어앉아 있었고, 기영의 차 꽁무니에 앞 범퍼가 완전히 부서지고 보닛이 찌그러져 솟아올라간 승용차 한 대가 있었다. 기영이 들었던 충격 소리는 녀석들이 기영의 차를 받은 것이 아니었다. 녀석들의 차가 후진을 하여 기영의 차를 들이받기 직전, 때 마침 달려온 박경일 경위의 차가 그 차를 들이받은 모양이었다. 기영이 들었던 후다닥하는 발자국 소리와 급발진 소리는 광대뼈와 일행 한 녀석이 급히 차에 올라 도주하는 소리였나 보다. 그나마 한 녀석이 미처 차를 타지 못하고 최수환 경위에게 체포된 모양이었다.

　- 늦어서 미안해.

　언제 왔는지 용훈이 기영의 어깨를 툭 치며 대수롭지 않게 말했다.

　- 손나영 씨 신병은 우리가 인수한다.

　용훈이 경찰들에 의해 구급차로 옮겨지고 있는 손나영을 가리키고는 돌아섰다. 그때, 그 짧은 순간, 기영은 보았다. 매정하리만치 사무적으로 말하는 용훈의 두터운 안경에서 글썽이는 눈물을. 그리고 안도의 한숨을 내쉬는 것을….

– 변호사님, 걸을 수 있겠습니까? 구급차로 가시죠?

기영을 부축하고 있던 박경일 경위가 말했다.

– 아니, 괜찮습니다.

– 그럼 경찰차로 병원까지 모셔다 드리겠습니다.

– 그보다 담배 한 대만 줘요.

– 어이, 최 경위. 담배 하나 줘.

현장을 수습하고 있던 최수환 경위가 다가와서 담배 한 대를 빼어 불을 붙여 주었다. 기영은 담배를 한번 깊이 빨고는, 천천히 걸어, 방금 전 떨어질 뻔했던 가드레일이 부서진 도로 가장자리로 가 절벽 아래를 굽어보았다. 하늘을 밝히고 있던 헬리콥터가 떠나버린 절벽 아래는 캄 캄한 어둠 속에 잠겨 있었다. 그 어둠 속의 절벽 아래, 바위에 부딪히는 파도 소리가 아득히 울리고 있었다.

– 어이, 박 경위. 네 고물차, 이제 폐차시켜야겠다. 변호사님께 차 값 좀 보태달라고 해.

현장을 수습하고 있던 최수환 경위의 농 섞인 소리가 들렸다.

기영은 다시 폐 속으로 깊게 빨았던 담배 연기를 천천히 내뿜었다. 그때 등 뒤에서 이미 구급차를 타고 떠난 줄로 알았던 손나영이 기영 을 불렀다.

– 변호사님, 연아를 만나보세요. 연아가 변호사님께 꼭 드릴 말씀이 있다고 했어요.

진실을 위한 용기

접견을 거부한 그날 이후, 기영이 몇 번이나 교도소로 찾아갔으나 준하는 끝내 나오지 않았다. 혹시 준하가 다른 생각을 하고 있는 것은 아닐까. 이런 생각이 들 때마다 기영의 가슴은 시꺼멓게 타들어갔다.

그러나 이러한 기영의 조바심과는 달리 다시 법정에 선 준하의 태도는 여전히 당당했다. 그날 밤, 기영과 손나영이 당한 끔찍한 순간을 준하가 알기나 할까.

– 증인 손나영, 나와 주십시오.

언제나 절제된 곽 판사의 음성.

기영은 방청석에서 일어나 증인석으로 나오는 손나영을 바라봤다. 그날 밤의 끔찍한 사건 탓인지 손나영의 얼굴은 수척해져 있었다. 그러나 증인석에 선 그녀의 태도도 침착했다.

　– 증인의 이름, 주소….

　– 증인은 선서를 해 주십시오.

　용훈이 손나영을 증인으로 신청할 것은 이미 예상하고 있었다. 만약 검사인 용훈이 신청하지 않았다면 변호인인 기영 자신이 했을 것이다.

　어쩌면 준하의 운명은 오늘 손나영의 증언에 의하여 결정될지도 모른다.

　그러나 오늘 용훈이의 꽹과리 소리가 준하의 춤과 기영의 기대에 부합할 것인가.

　손나영에 대한 곽 판사의 인정신문과 증인 선서가 진행되는 동안 기영은 이제까지와는 다른 긴장감을 느꼈다.

　– 검사는 신문해 주십시오.

굿판을 펼치라는 곽 판사의 북소리.

용훈이 꽹과리를 들고 나선다.

김용훈 검사(증인 손나영에게)

문 : 증인은 고 홍한일 박사를 압니까?

답 : 예. 그러나 제가 박사님을….

김용훈 검사 : 증인은 묻는 말에만 답해 주세요.

용훈이 꽹과리를 울려 증인 손나영의 말을 중단시킨다.

문 : 다시 묻겠습니다. 증인은 고 홍한일 박사를 압니까?

문 : 예.

문 : 증인은 19××. ×. ×. 19:00경 B시 ○○동에 있는 홍익관이라는 음식점에 간 적이 있나요?

답 : 없습니다.

문 : 오래 전의 일인데, 증인은 홍익관이라는 음식점에 분명히 간 적이 없습니까?

답 : 없습니다. 지금도 홍익관이라는 음식점이 어디에 있는지도 모릅니다.

문 : 그렇다면 19××. ×. ×. 19:00경, 위 같은 날에 증인은 어디에 있었습니까?

답 : B지방검찰청의 유치장에 수감되어 있었습니다.

문 : 그때 증인이 유치장에 수감된 이유는 무엇 때문이었나요?

답 : 마약을 복용하여 구속되었기 때문입니다.

문 : 당시 증인의 마약복용 사건을 담당했던 수사검사가 김인환 검사였습니까?

답 : 예.

문 : 증인이 말한 김인환 검사는 지난번 국회의원 선거에 출마하여 당선된 김인환이 맞습니까?

답 : 예.

문 : 19××. ×. ×. 19:00경, 위 같은 날, 증인은 김인환 검사의 방으로 불려간 사실이 있나요?

답 : 예.

문 : 그때 불려간 증인에게 김인환 검사가 어떤 내용의 조서를 받았나요?

답 : 그때 조서를 작성하지는 않았습니다.

문 : 그렇다면 당시 김인환 검사는 증인에게 어떤 일을 하였나요?

답 : 제가 이년간은 교도소에 있어야겠다고 하면서, 그러나 자기가 시키는 대로만 하면 석방시켜 주겠다고 하였습니다.

문 : 그래서 증인은 김인환 검사가 시키는 대로 하겠다고 하였나요?

답 : 예. 그때 저는 어렸고, 너무도 겁이 나 석방될 수만 있다면 무엇이든 시키는 대로 하겠다고 했습니다.

문 : 그와 같은 말을 들은 김인환 검사가 증인에게 어떠한 일을 시켰나요?

답 : 저를 차에 태워 어디론가 데려갔습니다.

문 : 김인환 검사가 직접 운전을 하였나요?

답 : 예.

문 : 그때 김인환 검사가 증인을 데려간 곳이 B시 중앙동의 M룸살롱이었나요?

답 : 예. 그 당시에는 몰랐지만, 나중에서야 그곳이 M룸살롱이었다는 사실을 알게 되었습니다.

문 : 지금까지의 증인의 증언을 종합하면, 그날 증인이 M룸살롱에 가게 된 것은 홍익관이라는 요정에서 홍한일 박사를 만나 술을 마신 후, 박사와 함께 간 것이 아니라, 당시 검찰청의 유치장에 수감되어 있

던 증인을 당시의 수사검사인 김인환이 데리고 갔다는 것인데, 맞습니까?

답 : 예.

문 : 증인이 M룸살롱에 도착한 시간은 몇 시쯤이었나요?

답 : 정확하지는 않지만, 아마도 밤 열한시경쯤이었을 것입니다.

문 : 증인을 데리고 간 김인환 검사는 그 장소에 계속 있었나요?

답 : 아닙니다. 검사는 저를 어느 방으로 데려가더니, 그곳에 미리 와 있던 두 사람에게 저를 맡기고 곧바로 돌아갔습니다.

문 : 그때 김인환 검사가 증인에게 어떤 말을 했나요?

답 : 그 방에 있던 두 사람이 시키는 대로 하면 된다고 하였습니다.

용훈이 신문을 잠시 멈추고 증인을 바라보았다가 판사를 향했다.

– 재판장님, 지금부터 진행될 신문은 여성으로서의 성적 수치심을 심하게 자극하는 내용입니다. 증인의 인권보장을 위하여 비공개 신문을 요청합니다.

용훈의 말이 끝나자, 준하가 고개를 돌려 용훈을 바라보고 가볍게 고개를 끄떡거리며 입가에 얼핏 미소를 띠었다. 용훈의 배려에 대한 동감의 뜻일 것이다.

– 아닙니다. 저는 괜찮습니다.

예기치 않았던 손나영의 말. 모두가 증인석의 손나영을 바라보았다. 그때 피고인석의 준하가 조용히 말했다.

– 재판장님, 검사님의 말씀대로 비공개로 진행하여 주시기 바랍

니다.

준하의 행동 또한 아무도 예상치 못한 일.

– 아닙니다. 저는 이대로 증언하겠습니다. 저를 배려해 주시는 것은 감사합니다. 그러나 이제는 부끄럽지 않습니다. 오히려 이와 같은 장소에서 진실을 밝힐 수 있는 기회를 주신 것에 대하여 감사드립니다. 제가 존경하는 선생님은 자신의 행위에 대하여 언제나 당당할 수 있어야 한다고 말씀하셨습니다. 자신의 행위가 정당하다면 그 행위를 만든 영혼이 지시하는 용기에 따라야 한다고 말씀하셨습니다. 그 분의 말씀을 따르겠습니다.

손나영의 얼굴은 모든 것을 감수하겠다는 의지로 발갛게 상기되어 있었다.

– 검사는 신문해 주십시오.

김용훈 검사(다시 증인 손나영에게)

문 : 김인환 검사가 돌아가고 난 후 그 두 사람이 증인에게 어떤 일을 하였나요?

답 : 그 중의 한 사람이 먼저 맥주 컵에 양주와 맥주를 섞은 술을 강제로 마시게 하였습니다. 그리고 조금 있다가 맥주에 마약을 타서 또 강제로 마시게 하였습니다. 그리고는 저를 테이블 위에 올려 세우고 옷을 벗으라고 하였습니다.

문 : 그래서 옷을 벗었나요?

답 : 아니요. 제가 머뭇거리며 반항을 하자, 다른 한 사람이 칼을 꺼내어 목에 갖다 대며 위협하고는 제가 입고 있던 옷을 모두 칼로 잘랐습니다. 그리고는 테이블 위에 누우라고 했습니다.

– 증인, 이 법정은 피고인뿐만 아니라 증인의 인권까지도 보호합니다. 비공개로 진행할 수도 있습니다.

곽 판사가 증인의 주의를 환기시켰다. 손나영의 눈에서 눈물이 흘렀다. 손수건을 꺼내어 잠시 눈물을 닦은 손나영이 결연한 태도로 다시 말했다.

– 배려해 주시는 것은 감사합니다. 그러나 이대로 진행하게 해주십시오.

김용훈 검사(다시 증인 손나영에게)

문 : 그래서 증인은 완전한 나체로 두 사람이 보는 앞에서 테이블 위에 누웠습니까?

답 : 칼로 위협을 하고 있어 그렇게 하지 않을 수 없었습니다.

문 : 증인이 테이블 위에 눕자, 증인에게 마약을 탄 맥주를 마시게 했던 사람이 증인의 음부에 나 있는 체모를 면도기로 깎았습니까?

답 : 예.

문 : 그때 증인은 반항하지 않았나요?

답 : 목에 칼을 대고 있어 반항할 수가 없었습니다.

– 잠깐만요. 검사의 지금 신문은 이 사건과 어떤 연관성이 있는가
요?

곽 판사가 다시 신문을 중단시켰다.

– 피고인 김준하의 살해 동기와 직접적인 연관성이 있습니다.

김용훈 검사(다시 증인 손나영에게)

문 : 이후 그 두 사람이 증인에게 어떤 일을 하였나요?

답 : 여고생 교복을 입으라고 하였습니다.

문 : 교복은 증인이 준비한 것이었나요?

답 : 아닙니다. 그 사람들이 미리 준비해 놓았습니다.

문 : 그 다음에는 어떤 일을 하였나요?

답 : 제가 교복을 입자 다른 방으로 저를 끌고 갔습니다.

문 : 그 방에는 누가 있었나요?

답 : 한복을 입은 백발의 남자가 윗옷을 풀어헤친 채 소파에 기대앉
아 있었습니다.

문 : 그 사람이 증인에게 어떤 일을 했나요?

답 : 그 사람은 저에게 어떠한 일도 하지 않았습니다. 그 사람은 정
신을 잃은 상태였습니다. 그 두 사람과 제가 그 방에 들어온 사실조차
도 모르고 있었습니다.

문 : 그러면 증인을 끌고 간 그 두 사람은 어떤 일을 하였나요?

답 : 처음 마약을 탄 맥주를 마시게 했던 사람이 다시 마약을 탄 맥
주를 마시게 하였습니다.

문 : 그리고는요?

답 : 교복을 입은 채로 테이블위에 눕게 했습니다.

문 : (이때 ××고합7894 수사기록 중 현장사진을 증인에게 제시) 이 사진속의 여자가 증인이 맞는가요?

답 : 예. 맞습니다.

문 : 이 사진 속에는 교복 상의가 찢어진 채 유방을 드러나 있고, 스커트 자락이 허리 위로 걷혀 음부가 드러나 있는데, 이 모습은 증인이 스스로 시연한 것인가요?

답 : 아닙니다. 저에게 마약을 먹인 사람이 그렇게 했고, 다른 사람이 저의 목에 칼을 대고서 조금이라도 움직이면 죽이겠다고 했습니다.

문 : 증인이 말하는 백발의 남자는 이 사진속의 남자인가요?

답 : 예.

문 : 이 사진 속에는 백발의 남자가 증인의 음부에 얼굴을 박고 있는데, 이 모습은 백발의 남자가 증인을 성추행하는 모습인가요?

답 : 아닙니다. 아까 말씀드린 것처럼 그 사람은 의식이 없는 상태였습니다. 의식조차 없는 사람이 어떻게 성추행을 할 수 있나요. 이런 모습으로 만든 사람도 분명 그 두 사람입니다. 그것은 제가 겪은 사실입니다.

문 : 당시 상황에 비추어보면 증인 또한 마약을 복용한 상태에서 정확하게 기억을 하지 못할 것으로 보이는데, 지금 증인이 거짓말을 하는 것은 아닌가요?

답 : 두 번째 방에서 강제로 테이블 위에 눕혀진 후 의식이 혼미해진

것은 사실입니다. 그러나 어떠한 여자라도 그와 같은 수치스런 일을 당했다면 그것만은 기억할 것입니다. 지우려고, 또 지우려고 얼마나 애썼는데….

감정이 격해진 손나영의 눈에서 다시 눈물이 흘렀다.

기영은 준하를 보았다.

준하도 눈물을 감추려는 듯, 어금니를 꽉 깨물고 고개를 들어 천장을 바라보고 있었다.

　– 증인은 잠시 진정하세요. 이십분간 휴정한 후 다시 신문을 하도록 하겠습니다.

이십분 후, 다시 속개된 신문

김용훈 검사(다시 증인 손나영에게)

문 : 증인이 두 번째 방에서 본 백발의 남자는 홍한일 박사였지요?

답 : 예.

문 : 증인은 그 사람이 홍한일 박사라는 사실을 어떻게 알았나요?

답 : 그 당시 현장에서는 그 사람이 홍한일 박사님이라는 사실을 몰랐습니다. 그러나 그 일로 박사님께서 교도소에서 자살을 하였다는 신문을 보고 알게 되었습니다.

문 : 증인에게 마약을 탄 맥주를 마시게 한 사람은 누구였나요?

답 : 최경호라는 국회의원 보좌관이었습니다.

문 : 그 사람이 최경호 보좌관이라는 사실은 어떻게 알게 되었나요?

답 : 지난 번 선거기간 중에 있었던 사건의 보도사진을 보고 알게 되었습니다.

문 : 사건이 있었던 날과 지난 번 선거기간은 상당히 오랜 시간이 지났는데, 그래도 기억할 수 있었던가요?

답 : 할 수만 있다면 그 얼굴을 제 기억 속에서 지워버리고 싶었습니다. 그러나 지워버릴 수가 없었습니다. 지금도 그리라면 그림이라도 그릴 수가 있을 것 같습니다.

문 : (이때 ××고합7894 수사기록 중 피의자신문조서를 증인에게 제시) 그런데 증인이 작성한 이 피의자신문조서에는 이제까지의 증인의 진술과는 전혀 다른 진술이 되어 있는데, 그 이유는 무엇인가요?

답 : 이 조서는 제가 작성한 것이 아닙니다.

문 : 그렇다면 이 조서의 서명은 증인의 것이 아니라는 말인가요?

답 : 서명은 제가 한 것이 맞습니다. 그러나 저는 김인환 검사가 미리 작성해 놓은 조서에 단지 서명만을 했을 뿐입니다.

문 : (이때 ××고합7894 수사기록 중 진술서를 증인에게 제시) 이 진술서는 증인이 작성한 것이 맞습니까?

답 : 예. 맞습니다.

문 : 이 진술서의 내용도 지금 이 법정에서의 증인의 진술과는 완전히 다른데, 그 이유는 무엇인가요?

답 : 그것은 김인환 검사가 직접 작성한 진술서를 제가 베껴 적었기 때문입니다.

문 : 검사가 시킨다고 해서 사실과 다른 내용의 진술서를 작성하였다는 말인가요?

답 : 그것은 제가 고문을 당했기 때문입니다.

문 : 그 이후에 증인에게 다른 가혹행위가 있었다는 말인가요?

답 : 예. 그 일이 있은 후 일주일 쯤 지난 뒤, 저는 다시 김인환 검사에게 불려갔습니다.

문 : 그곳이 어디였나요?

답 : 어딘지는 알 수 없지만 창문도 없는 밀폐된 작은 방이었습니다.

문 : 그곳에서 고문을 당했다는 말인가요?

답 : 예.

문 : 어떤 고문을 당했나요?

답 : 스펀지 방망이로 맞았습니다.

문 : 구체적으로 말해 주세요?

답 : 그 방에 들어가니 김인환 검사가 있었습니다. 검사가 진술서라고 적힌 종이를 저에게 주면서 그 내용이 사실이냐고 물었습니다. 제가 그것을 읽어보고 아니라고 하니까 잠시 후에 검은 안경을 쓰고 하얀 마스크를 낀 사람이 나타나 저의 옷을 모두 벗기고는 팔을 의자 뒤로 돌려 수갑을 채웠습니다. 그리고는 스펀지 방망이로 배를 때리기 시작했습니다. 너무 고통스러워 실신을 했다가 깨어나니 검사가 다시 진술서의 내용이 사실이냐고 물었습니다. 맞는 것이 무서워 사실이라고 하는데도 또 때렸습니다. 사실이라고 해도 때리고, 아니라고 해도 때리고, 그러는 동안에 몇 번이나 실신을 했고, 그대로 가다가는 정말

죽을 것 같아 제발 살려달라고 애원했습니다. 그러자 검사가 진술서에 있는 그대로 베껴 적으라고 했습니다. 아마도 똑같은 내용을 열 번 이상 반복하여 적었을 것입니다. 그 과정에서도 매질은 계속되었습니다. 옷이 모두 벗겨져 바닥에 엎드린 채, 제대로 적지 않는다고 등에 매를 맞으면서 베껴 적은, 열장이 넘는 진술서 중 하나가 이 진술서입니다.

손나영의 눈에 다시 눈물이 흐르며 목소리가 울음에 잠기고 있었다. 이와 같이 적나라하게 증인신문을 하는 용훈의 의도는 명백하다. 김인환이 살해당할 수밖에 없었던 필연적인 피살 동기를 부여하고자 하는 것이다. 피살 동기는 살인의 동기와 같은 연장선에 있다.

드디어 마지막 창날을 휘두르는 용훈의 목소리가 더욱 커졌다.

문 : 증인, 분명하게 말씀해 주세요. 증인은 지금 김인환 검사의 유족들이나 최경호 보좌관으로부터 명예훼손으로 피소당할 수도 있는 중요한 사실에 대한 증언을 하였습니다. 증인의 지금까지의 증언은 모두 사실인가요?

답 : 예. 모든 것이 사실입니다.

문 : 다시 한 번 묻겠습니다. 증인의 지금까지의 증언은 모두 사실인가요?

답 : 예, 단 한 점의 거짓도 없습니다.

문 : 증인은 홍익문화연구소의 김준하 소장을 아는가요?

답 : 예. 제가 가장 존경하는 선생님이십시다.

문 : 증인이 가장 존경하는 그 선생님이 지금 여기 이 법정에 있는 피고인 김준하인가요?

답 : 그렇습니다.

문 : 증인은 이제까지 이 법정에서 증언한 모든 사실을 피고인 김준하에게 말한 사실이 있지요?

답 : 예.

문 : 그때가 언제였나요?

답 : 제가 그 일로 교도소에서 이 년을 복역하고 나와 일 년쯤 지났을 때였습니다.

문 : 증인, 정리하겠습니다. 증인이 위에서의 M룸살롱에서 마약을 복용한 혐의로 이년 형을 받고 복역한 후, 출소한 지 일 년쯤 지난 시점에서 증인은 여기 있는 피고인 김준하에게 지금까지 증언한 모든 사실을 분명이 말하였다는 것이지요?

답 : 예. 말씀하신 그대로입니다.

- 이상입니다.

- 피고인 김준하의 변호인은 반대신문 해 주십시오.

기영, 징을 들고 나선다. 그러나 징의 무게는 무겁기만 하다.

- 증인에게 묻겠습니다.

- 잠깐만요. 재판장님, 반대신문을 하기 전에 피고인 김준하에게 몇

가지만 묻겠습니다.

용훈의 의도는 눈에 보인다. 순간적인 기습공격을 가하여 그가 의도하는 진술을 이끌어내고자 하는 것이다. 징을 울려 준하에게 경각심을 갖도록 해야 한다.

– 지금은 변호인에게 주어진 반대신문 시간입니다.

– 피고인 김준하에 대한 신문은 나중에 별도로 기회를 드리겠습니다. 변호인은 신문해 주십시오.

박기영(증인 손나영에게)

문 : 증인은 당시의 사건으로 출소한 이후 심한 적응장애와 알코올의존증에 빠져 고통을 겪고 있었지요?

답 : 예. 출소 후 어디에도 갈 곳이 없었던 저는 결국 술집에 나가게 되었고, 매일 술에 취해 있었습니다. 술에 취하지 않으면 고문의 기억이 떠올라 견딜 수가 없었습니다.

문 : 그러한 상태에 있는 증인을 찾아온 사람이 피고인 김준하였지요?

답 : 예.

문 : 그때 피고인 김준하가 증인에게 어떤 일을 하였나요?

답 : 저를 병원에 입원시켜 치료를 받게 하였습니다.

문 : 증인이 피고인 김준하의 도움을 받아 치료를 한 기간은요?

답 : 약 삼 개월 정도였습니다.

문 : 그 이후는요?

답 : 퇴원 후 선생님이 근무하고 계셨던 홍익문화연구소 근처에 숙

소를 마련해 주고 매일 연구소로 나오게 하여 단전호흡 수련과 명상 치유를 하셨습니다.

문 : 그러한 수련과 명상을 통하여 증인의 건강은 회복되었나요?

답 : 예. 그때 선생님의 가르침을 통하여 저는 생명의 고귀함과 삶의 목적이 무엇인지를 비로소 깨닫게 되었습니다. 그런 의미에서 선생님은 제가 고문의 기억에서 벗어나 새로운 삶을 살 수 있도록 한 생명의 은인이십니다.

문 : 피고인 김준하에게 증인이 오늘 이 법정에서 증언한 사실들을 언제 말했던가요?

답 : 어느 날 명상치유를 끝내고 나니 갑자기 주체할 수 없는 눈물이 흘렀습니다. 수련과정에서 선생님이 항상 말씀하셨던 진정한 자아의 눈물이었습니다. 그때 눈물을 흘리면서 선생님께 말씀드린 것이 오늘 증언한 사실들입니다.

문 : 그러한 말을 들은 피고인 김준하가 보복을 해야 한다고 말하던 가요?

답 : 아닙니다. 그때 선생님은 오히려 용서해야 한다고 말씀하셨습니다. 저를 그렇게 만든 사람에게 연민을 가져야 한다고 하셨습니다. 홍익하는 사람은 용서하는 사람이고, 홍익하는 사람은 자비로운 사람이고, 홍익하는 사람은 사랑하는 사람이라고 했습니다. 홍익하는 사람은 신령스러운 사람이고, 홍익하는 사람은 신성의 빛 속에서 사는 사람이라고 했습니다. 그들을 용서하지 못하면, 언제나 증오와 복수심에서 살게 되고, 그렇게 되면 저의 영혼에서 자애로운 신성의 빛이 없어

진다고 했습니다. 그래서 용서해야 한다고 했습니다. 그들을 위해서가
아니라 제 자신의 영혼을 위하여 용서해야 한다고 했습니다.

　– 이상입니다.

　– 피고인 박형기의 변호인은 신문하시겠습니까?

강성모 변호사(증인 손나영에게)

문 : 증인이 그와 같은 일을 겪는 과정에 피고인 박형기가 관여되었
다는 얘기를 들은 적은 있었나요?

답 : 없었습니다.

　– 이상입니다.

곽 판사(증인 손나영에게)

문 : 증인은 오늘의 이와 같은 증언을 왜 당시의 재판과정에서 말하
지 않았습니까?

답 : 그때 김인환 검사는 제가 만약 재판에서 진술서의 내용과 다른
내용으로 말하면 이제까지 당한 고통보다 더 심한 고통을 겪게 될 것
이라고 말했습니다. 그때는 차라리 죽여 달라고 애원하게 될 것이라고
말했습니다. 그리고 재판에는 항상 김인환 검사가 나왔습니다. 그러한
상황에서 진실을 밝힐 수는 없었습니다.

　– 이상으로 증인 손나영에 대한 증인신문을 모두 마치도록 하겠습
니다. 증인은 수고하셨습니다.

이때 증인석에서 벌떡 일어선 손나영이 말했다.

– 재판장님, 선생님은 훌륭하신 분이십니다. 살인을 하실 분이 아닙니다.

– 사건과 관계없는 내용이지만, 참고하겠습니다. 이십 분간 휴정하겠습니다.

증인석에서 내려오는 손나영의 눈빛이 애처로웠다.

준하의 입가에 알 듯 모를 듯 잔잔한 미소가 번지고 있었다.

속개된 공판

– 증인 유지연柳知連 나와 주십시오.

카페 소피아에서 유양이라고 자기를 소개했던 여자가 방청석에서 일어나 증인석으로 나왔다. 기영이 변호인의 자격으로 신청한 증인이었다. 그날 밤 구급차로 실려 가기 전 손나영이 만나보라고 한 여자였다.

유지연의 얘기는 기영이 전혀 예상조차 못한 일이었다. 유지연의 얘기가 기영에게 희망을 갖게 하였다. 유지연의 증언은 아마도 용훈의 창날을 무력화시킬 수 있는 유일한 방패일 것이다.

울리는 징소리. 크고 웅장하다.

박기영(증인 유지연에게)

문 : 증인은 박형기라는 사람을 아는가요?

답 : 예.

문 : 증인이 아는 박형기라는 사람이 지금 이 법정에 있는 피고인 박형기인가요?

답 : 예.

문 : 증인과 피고인 박형기는 어떤 사이인가요?

답 : 단순한 남녀관계 이상으로 가깝게 지내고 있었습니다.

문 : 지금 증인의 말은 소위 말하는 내연의 관계라는 의미인가요?

답 : 그렇게 이해하셔도 무방할 것 같습니다.

문 : (이때 증인에게 첨부 예금통장 사본을 제시하고) 이 예금통장은 증인 명의의 B은행 예금통장이지요?

답 : 예. 맞습니다.

기영은 잠시 신문을 멈추고 피고인 박형기를 보았다. 박형기의 얼굴은 이미 사색이 되어 있었다. 전혀 사태를 예상하지 못했던지 몸을 바르르 떨고 있었다.

문 : 이 통장의 ××××. ×. ×. 입금란에 보면 돈 십억 원이 각 오억 원씩 두 번에 걸쳐 입금되어 있는데, 이 돈은 무슨 돈인가요?

답 : 저 사람이 그 전날, 돈 십억 원이 입금될 것이라고 얘기를 하였습니다.

문 : 증인이 말하는 저 사람이란 피고인 박형기를 말하는가요?

답 : 예.

문 : 그 돈을 누가 보냈다는 얘기는 없었습니까?

답 : 예.

문 : 피고인 박형기는 이 돈이 입금되기 몇 일전부터 증인이 거주하는 ○○동 소재 P아파트에서 증인과 함께 지내고 있었지요?

답 : 예.

문 : 이 돈이 입금되기 하루 전 피고인 박형기는 국회의원 정해현을 만나러 간다고 집을 나간 사실이 있지요?

답 : 예.

문 : 그때가 몇 시쯤이었습니까?

답 : 저녁 일곱시쯤 되었을 것입니다.

문 : 그때 나간 피고인 박형기는 몇 시에 돌아왔습니까?

답 : 아마도 아홉시 반쯤 되었으리라 생각됩니다.

문 : 피고인 박형기가 국회의원 정해현을 만났다고 하던가요?

답 : 그런 말은 하지 않았습니다. 다만, 일이 잘되었다고 하면서 내일 열두시에 오억 원이 입금되고, 오후 한 시에 다시 오억 원이 입금될 것이라고 하였습니다.

문 : 피고인 박형기는 돈이 입금된 날, 미국행 항공기 안에서 긴급체포 되었는데, 박형기가 사전에 미국으로 간다고 한 사실이 있나요?

답 : 아닙니다. 돈이 입금될 것이라는 말을 한 후 갑자기 내일 미국에 가야 한다고 하였습니다. 그리고는 공항에 나가 있을 테니까 열두시와 오후 한시에 돈이 입금되는 것을 확인하고 전화를 해달라고 했습니다. 시간을 꼭 지켜야 한다고 했습니다.

문 : 그 돈이 무슨 돈인지 물어보지 않았습니까?

답 : 물어보았습니다. 그러나 알 필요가 없다고 하면서 말해 주지 않았습니다. 다만 시간을 지키지 않으면 안 된다고 하면서 미리 은행에 가서 창구직원에게 말해두고 있다가 입금 확인이 되는 즉시 알려달라고 했습니다.

문 : 입금 확인은 전화로도 가능한데 굳이 은행에 가서 기다리고 있을 필요가 있었나요?

답 : 입금 시간이 중요하다고 그 사람이 그렇게 시켰습니다.

문 : 미국에는 왜 가는지 물어보지 않았습니까?

답 : 물어보았습니다. 그러나 나중에 말하겠다고 하면서 지금은 알 필요가 없다고 했습니다.

문 : 피고인 박형기는 돈이 입금되면 그 돈을 어떻게 하라고 하던가요?

답 : 미국에 가서 연락할 테니까 보관하고 있으라고 했습니다. 그리고는 미국에서 자기가 연락하면 저도 미국으로 와야 하니 미리 준비를 하고 있으라고 했습니다.

문 : 갑자기 미국으로 간다고 하는 것이 이상하지 않았습니까?

답 : 십억 원이나 되는 돈이 입금될 것이라고 하고, 갑자기 미국으로 간다고 하고, 모든 것이 이상했습니다. 그러나 자세한 것은 나중에 말해주겠다고 하기에 더 이상 캐물어 볼 수 없었습니다.

문 : 피고인 박형기와 정해현은 이 돈이 입금된 날 이전부터 알고 지내는 사이였나요?

답 : 국회의원 정해현이 사년 전 선거에 출마했을 때 그 사람이 선거 운동원을 했다고 하는 얘기를 들었습니다. 그래서 이 돈도 아마 정해현의 선거와 관련된 자금이 아닌가 하는 추측을 했습니다.

문 : 증인의 통장에 입금된 이 돈은 그대로 보관하고 있습니까?

답 : 그 사람이 갑자기 체포되는 바람에 인출하지 못하고 은행에 그대로 있습니다.

– 이상입니다.

– 검사는 반대신문 해 주십시오.

김용훈 검사(증인 유지연에게)

문 : 증인과 피고인 박형기는 처음 어떻게 만나 내연의 관계에까지 이르게 되었나요?

답 : 제가 일하는 주점의 언니가 방금 전에 증언한 손나영입니다. 언니는 가끔 김준하 선생님을 뵈러 홍익문화연구소를 찾아가곤 했는데, 그때 우연히 언니와 함께 홍익문화연구소에 간 적이 있습니다. 그때 홍익문화연구소의 사무처장으로 근무하던 저 사람을 만나게 되었습니다.

문 : 그때가 언제였나요?

답 : 작년 가을경 무렵이었습니다.

문 : 증인과 피고인 박형기의 관계를 피고인 김준하나 손나영이 알고 있었나요?

답 : 아뇨, 이제까지 숨기고 있었기 때문에 몰랐을 것입니다. 저 사람은 김준하 선생님과의 관계 때문에, 저는 언니와의 관계 때문에 교제사실을 숨길 수밖에 없었습니다. 더구나 저 때문에 저 사람이 이혼을 했기에 더욱 밝힐 수가 없었습니다. 아마 언니나 김준하 선생님은 지금의 제 말을 통하여 이 사실을 비로소 알게 되었을 것입니다.

문 : 그런데 지금에서야 밝히는 이유는 무엇인가요?

답 : 김준하 선생님과 저 사람이 체포된 후, 혹시 이번 사건이 제 통장으로 입금된 돈과 관계가 있지는 않을까 고민을 해오고 있었습니다. 그래서 겁이 많이 났습니다. 누구에게 의논해야 할지, 어떻게 해야 할지 갈피를 잡을 수 없었습니다. 그러던 중 박 변호사님께 도움을 받고자 말씀을 드렸던 것입니다.

문 : 피고인 박형기가 다른 모든 사실들은 나중에 말하겠다고 하면서, 그날 정해현을 만나러 간다는 사실만은 증인에게 말한 이유는 무엇인가요?

답 : 그것은 저도 알 수 없지만, 저에게 자기는 국회의원과 친분이 있는, 영향력 있는 사람이라는 것을 과시하고자 했던 것으로 생각됩니다.

문 : 증인이 피고인 박형기를 만나 사귀게 된 이후, 증인이 상피고인 김준하를 직접 만난 사실은 없는가요?

답 : 없습니다. 아까 말씀드린 이유들 때문에 뵙기가 부끄러웠고, 별도로 직접 만나야 할 이유도 없었습니다.

– 이상입니다.

– 피고인 박형기의 변호인은 신문할 사항이 없습니까?

– 변호인도 처음 듣는 일이고, 피고인으로부터 직접 사실을 확인한 후에 필요하다면 증인 유지연을 다시 증인으로 신청하도록 하겠습니다.

강성모 변호사가 말했다.

– 증인은 수고하셨습니다. 돌아가셔도 좋습니다.

– 오늘 유지연의 증언에 대한 사실관계 여부를 확인하기 위하여 속행기일을 정해 주시기 바랍니다.

용훈이 말했다.

꽹과리가 단단히 화가 난 모양이다. 그럴만도 할 것이다.

– 그럼 오늘 공판은 이것으로 마치고, 다음 기일은 ….

속행기일을 정하는 곽 판사의 말을 들으면서 기영은 천천히 기록을 챙겼다.

박형기가 십억 원의 돈을 받은 사실, 그 돈이 정해현이 보낸 것으로 추정된다는 사실, 이에 대한 유지연의 증언은 김준하에게 결정적으로 유리할 것이다. 이제는 희망이 있다.

기영은 방청석을 살펴보았다.

희망이 있다는 사실을 전해야 할, 기영이 기다리는 소녀는 오늘도 보이지 않는다.

그 소녀는 어디에 있는 것일까.

저울 위의 빛

증인 유지연의 증언에서 피고인 박형기가 십억 원이라는 거액의 돈을 받은 사실, 그리고 이 돈이 정해현으로부터 받은 것으로 추정된다는 점, 더욱 박형기가 미국으로 도피하고자 했던 점 등을 비추어 보면, 이 돈은 범행의 대가일 가능성이 크다. 따라서 우연히 사건 현장에 있었을 뿐이라고 자백을 한 박형기는 단순한 방조범이 아니라 범죄를 공동으로 실행한 정범의 역할을 한 셈이 되는 것이다. 이러한 사실이 밝혀짐에 따라 김용훈 검사가 피고인 박형기에 대한 기소를 단순 방조범에서 피고인 김준하와 범행을 공동으로 실행한 공동정범으로 공소장을 변경한 것은 마땅한 법률적 판단일 것이다.

김용훈 검사의 피고인 박형기에 대한 공소장 변경허가신청서

B 지 방 검 찰 청

000-000 B시 00구 00동 00 전화 000-000-0000/전송 000-000-0000

×××× 형제 5214호   ××××. ×. ×.
수 신 자   B지방법원   발 신 자   B지방검찰청
제   목   공소장변경허가신청   검   사   김용훈

별지 첨부의 변경된 공소장 내용과 같이 공소를 변경하여 주실 것을 신청합니다.

1. 피 고 인	성 명	김 준 하
	주민등록번호	×××××× - 1 ×××××× （××세）
	직 업	회사원(홍익문화연구소 소장)
	주 거	B시 00구 00동 532
	본 적	경남 산청군 ××면 ××리 321
2. 피 고 인	성 명	박 형 기
	주민등록번호	×××××× - 1 ×××××× （××세）
	직 업	회사원(홍익문화연구소 사무처장)
	주 거	B시 00구 00동 451
	본 적	B시 00구 00동 산34-1
죄 명	1. 2. 피고인 살인	
공 소 사 실	별지 공소 사실과 같음	
적 용 법 조	1. 피고인 형법 제250조 제1항 2. 피고인 형법 제250조 제1항, 형법 제30조	
신 병	각 구속	
변 호 인	1. 피고인 변호사 박기영 2. 피고인 변호사 강성모	
붙임	1. 변호인 선임서 2통	

범 죄 사 실

  1. 피고인은 19××. ×. ××. 특수상해죄로 소년원 송치, 19××. ×. ××. 국가보안법 및 집회및시위에관한법률위반으로 3년의 실형을 받은 전과가 있다. 1. 피고인은 당시 위 사건을 담당했던 수사검사인 김인환을 보복 살해하기로 마음을 정하고, 2. 피고인과 함께 ××××. ×. ××. 12:00경 B시 ××구 ××동 378 소재 호텔 크라운 804호실에 지배인을 가장하여 침입한 후 그곳에 있던 김인환의 머리를 샴페인 병으로 가격하여 실신시킨 후, 미리 준비한 등산용 칼로 위 김인환의 목을 찔러 살해하고,

  2. 피고인은,
위와 같은 1.피고인의 범죄를 공동 실행한 것이다.

  이와 같은 김용훈 검사의 공소장 변경 허가신청[1]은 어떤 의미를 가지는 것인가.

---

[1] 이에 대하여 형사소송법 제298조(공소장의 변경)는 다음과 같이 규정하고 있다.

  제1항　검사는 법원의 허가를 얻어 공소장에 기재한 공소사실 또는 적용법조의 추가, 철회 또는 변경을 할 수 있다. 이 경우에 법원은 공소사실의 동일성을 해하지 아니하는 한도에서 허가하여야 한다.

  제2항　법원은 심리의 경과에 비추어 상당하다고 인정할 때에는 공소사실 또는 적용법조의 추가 또는 변경을 요구하여야 한다.

  제3항　법원은 공소 사실 또는 적용법조의 추가, 철회 또는 변경이 있을 때에는 그 사유를 신속히 피고인 또는 변호인에게 고지하여야 한다.

  제4항　법원은 전3항의 규정에 의한 공소사실 또는 적용법조의 추가, 철회 또는 변경이 피고인의 불이익을 증가할 염려가 있다고 인정한 때에는 직권 또는 피고인이나 변호인의 청구에 의하여 피고인으로 하여금 필요한 방어의 준비를 하게 하기 위하여 결정으로 필요한 기간 공판절차를 정지할 수 있다.

형법은 단순방조범에 대한 처벌은 종범으로 처벌하고, 종범의 형은 정범의 형보다 감경한다고 규정하고 있다.[2] 따라서 김용훈 검사의 공소장 변경은 이제 박형기 또한 김준하와 동일한 살인의 정범이 되어 중형을 면할 수 없게 되었고, 이에 따라 박형기 또한 사활을 건 법정공방을 벌일 수밖에 없게 되었다는 것을 의미하는 것이다.

그렇다면 피고인 박형기가 자신의 죄책을 모면할 생각으로 이제까지의 진술을 번복할 가능성이 있는 것이 아닐까? 기영은 이러한 기대를 안고 법정으로 향했다.

속개된 공판

굿판을 펼치는 마지막 북소리.

꽹과리는 아직도 화가 풀리지 않은 모양이다. 소리가 요란하다.

김용훈 검사(피고인 박형기에게)

문 : 피고인은 지난번 공판에서 증인 유지연의 증언을 들었지요?

답 : 예.

문 : 증인 유지연은 피고인과 내연의 관계에 있다고 했는데, 맞습니까?

---

2) 형법 제32조 제1항 타인의 범죄를 방조한 자는 종범으로 처벌한다. 제2항 종범의 형은 정범의 형보다 감경한다.

답 : 결혼하기로 한 사이입니다.

문 : 피고인이 체포되기 전 날 국회의원 정해현을 만난 사실이 있나요?

답 : 없습니다.

문 : 그렇다면 증인 유지연이 거짓말을 한 것인가요?

답 : 유지연이 왜 그런 말을 하였는지 알 수 없습니다.

문 : 피고인이 체포된 날 유지연의 통장에 입금된 돈 십억 원은 누가 보낸 것인가요?

답 : 저는 알지 못합니다.

문 : 돈 십억 원이 입금된 사실을 모른다는 것입니까? 아니면 돈을 보낸 사람을 모른다는 것입니까?

답 : 돈을 보낸 사람을 모른다는 것입니다.

문 : 돈이 입금된 사실을 알면서 그 돈을 보낸 사람을 모른다는 것이 말이 되는 소린가요?

답 : 그 돈을 누가 보냈는지 정말 모릅니다.

문 : 그 돈을 송금한 B은행의 폐쇄회로 화면에 찍힌 사람은 송철준이라는 사람으로 확인되었습니다. 피고인은 송철준이라는 사람을 모릅니까?

답 : 처음 들어보는 이름입니다.

문 : 송철준이라는 사람은 B시 중앙동에서 M룸살롱을 운영하고 있고, 국회의원 정해현의 실질적인 후원회 회장입니다. 그래도 피고인은 송철준이라는 사람을 모른다고 하겠습니까?

답 : 돈이 입금되기 하루 전 날, 국회의원 정해현의 후원자라는 사람이 전화를 하여 돈을 맡길 차명계좌를 하나 알아봐 줄 수 없겠느냐는 연락을 받은 적이 있습니다. 그래서 유지연의 계좌번호를 불러 주었는데, 아마도 그 사람이 송철준이라는 사람인 것 같습니다.

문 : 그 사람은 피고인을 어떻게 알고 전화를 하였다고 하던가요?

답 : 사년 전 국회의원 선거 때, 제가 정해현 의원의 선거운동을 했는데, 그때 저를 알게 되었다고 했습니다. 은밀한 돈이라 믿을 수 있는 사람의 계좌가 필요하다고 했습니다.

문 : 피고인은 정해현의 이번 재선거에서도 선거운동을 했습니까?

답 : 하지 않았습니다.

문 : 그렇다면 정해현과 피고인은 현재 아무런 관계도 없는데, 돈을 입금할 이유가 없는 것이 아닌가요?

답 : 어떻게 알고 연락을 했는지 모르지만, 어쨌든 믿고 돈을 맡길 수 있는 차명계좌를 알아봐 달라고 했습니다.

문 : 그렇다면 이 돈은 정해현의 은밀한 정치비자금이라는 말인가요?

답 : 그것은 제가 알 수 없습니다. 저는 다만 그 사람의 전화를 받고 유지연의 계좌를 불러 주었을 뿐입니다.

문 : 피고인은 돈이 입금된 날 13:30분 미국으로 떠나는 항공기 안에서 체포되었지요?

답 : 예.

문 : 피고인은 무엇 때문에 그날 갑자기 미국으로 가고자 했나요?

답 : 그것은 그냥….

문 : 피고인이 미국으로 가고자 한 것은 피고인의 이 사건 범행이 발각될 것이 두려워 도주하고자 한 것이 아니었나요?

답 : 그것은 ….

문 : 유지연의 통장에는 당일 12시에 오억 원, 한 시간 후인 13:00에 다시 오억 원이 입금되었습니다. 그리고 피고인이 탄 비행기는 13:30에 출발하기로 되어 있었습니다. 따라서 피고인은 돈이 입금되는 즉시 미국으로 도피하고자 시도한 것으로 보이는데 그렇지 않습니까?

답 : ….

문 : 피고인이 대답을 못하는 것은 이를 시인하는 것인가요?

답 : 예, 사실은 도피하고자 했습니다.

문 : 그렇다면 이 돈은 정해현의 정치비자금이 아니라 피고인이 이 사건 범행의 대가로 받은 도피자금이 아니었나요?

답 : 아닙니다. 저는 이 사건 범행과는 아무런 상관이 없습니다.

문 : 피고인이 미국으로 출국하기로 한 시간과 돈이 입금된 시간이 근접한 시점에서 이루어졌다는 것은 우연의 일치라는 말인가요?

답 : 그렇습니다.

문 : 피고인, 피고인에게 이 사건 범행을 지시한 사람은 누구였나요? 정해현이었나요? 아니면 송철준이었나요?

답 : 아닙니다. 누구로부터 지시를 받은 사실이 없습니다.

문 : 누구로부터 지시를 받은 일이 없다는 말은 피고인이 이 사건 범행을 하기는 했다는 의미인데, 피고인이 이 사건 범행에서 한 역할은

어떤 것이었나요?

　답 : 아닙니다. 나는 아무 것도 모르고 김준하 소장을 따라갔을 뿐입니다. 정말입니다.

　문 : 피고인, 송철준이나 정해현이 아무런 대가도 없이 십억 원이나 되는 거금을 피고인이 지시하는 유지연의 통장에 입금할 리가 없지 않습니까?

　답 : 그 돈에 대하여 정말 모릅니다. 단지 유지연의 계좌를 불러주었을 뿐입니다.

　문 : 다시 한 번 묻겠습니다. 피고인이 상피고인 김준하와 함께 이 사건 범행을 실행하면서 한 역할은 어떤 것이었나요?

　답 : 저는 아무 일도 하지 않았습니다. 우연한 기회에 김준하 소장을 따라갔다가 이 사건에 연루되었을 뿐입니다. 정말입니다.

　- 이상입니다.

　- 피고인 박형기의 변호인은 반대신문해 주십시오.

강성모 변호사(피고인 박형기에게)

　문 : 증인 유지연과 교제를 시작한 이후 그녀가 어떤 의도적인 목적을 가지고 피고인에게 접근하였다는 느낌을 받은 적은 없습니까?

　답 : 그러고 보니 유지연과 처음 교제를 시작할 당시 그녀는 필요 이상으로 저에게 관심을 기울였던 것 같습니다. 그 이후로도 항상 저를 감시하고 있었다는 느낌도 들고요.

문 : 피고인은 상피고인 김준하의 국가보안법위반 사건의 재판에 증인으로 출석하여 증언하였고, 이 증언은 당시 상피고인 김준하의 유죄를 입증하는 결정적인 증거가 되었던 것이지요?

답 : 그것이 결정적인 증거가 된 것인지의 여부는 알 수 없지만, 어쨌든 당시 제가 한 증언은 김인환의 지시에 의한 것이었기 때문에 김준하 소장에게 불리한 증언이었던 것만은 분명합니다.

문 : 피고인은 언제부터 홍익문화연구소의 사무처장으로 근무하였나요?

답 : 약 삼년 전부터 입니다.

문 : 피고인이 사무처장으로 임용될 당시 피고인의 개인적인 사정은 어떠했나요?

답 : 사무처장으로 임용되기 약 일 년 전에 실시되었던 국회의원 선거에서 저는 정해현 의원의 선거운동원으로 일했습니다. 당시 정해현 의원은 당선이 되면 저를 자기의 비서관으로 채용하겠다고 했기에 저는 이 말을 믿고 다니던 직장을 그만두었습니다. 그러나 정해현 의원은 당선되었지만 약속을 지키지 않았습니다. 그래서 저는 실직 상태에서 경제적으로 매우 어려운 상황에 처해 있었습니다. 이러한 상태에 있던 저에게 김준하 소장이 사무처장직을 제의했습니다. 그래서 저는 고마운 마음으로 김준하 소장의 제의를 받아들였습니다.

문 : 그러니까 피고인이 홍익문화연구소의 사무처장으로 임용된 것은 상피고인 김준하의 제의가 결정적인 계기가 되었던 것이지요?

답 : 그렇습니다.

문 : 그러나 위와 같이 불리한 증언을 한 전력이 있는 피고인을 상피고인 김준하가 자기가 소장으로 있는 홍익문화연구소의 사무처장직을 제의한다는 것이 이상하지 않았나요? 즉 피고인과 상피고인 김준하의 관계에 비추어 볼 때 피고인은 김인환 검사가 조작한 사건에서의 공범의 위치에 있었고, 따라서 상피고인 김준하에게는 피고인이 김인환과 마찬가지로 복수의 대상은 될지언정 사무처장이라는 직장을 마련해 주는 등 은혜를 베풀 수 있는 입장은 아니라는 것이지요?

답 : 지금 변호사님의 말씀을 듣고 보니 정말 그렇습니다. 그러나 그 당시에 저는 실직상태로 일 년 이상을 보내면서 너무도 어려운 상황에 처해 있었기 때문에 그러한 것을 미처 생각하지 못했습니다.

문 : 상피고인 김준하의 이 사건 범행 직전, 피고인은 김준하의 방문을 받고 그 목적을 알지도 못하면서 김인환이 투숙하고 있는 호텔 크라운에 가게 되었을 뿐이지요?

답 : 그렇습니다. 정말 그렇습니다.

문 : 그리고 범행 현장에서 피고인이 한 역할이란 상피고인 김준하의 지시에 따라 단순히 축하 박수만 치고 있었지요?

답 : 예. 그렇습니다.

문 : 그런 와중에 상피고인 김준하가 샴페인 병으로 김인환을 가격하였고, 이러한 상황은 피고인이 생각조차 하지 않았던 것이지요?

답 : 그렇습니다.

문 : 결국 상피고인 김준하가 피고인을 홍익문화연구소의 사무처장에 임용하고, 범행 당일 피고인을 대동하고 범행현장에 가게 된 것은,

피고인을 사무처장에 임용하기 전부터 치밀하게 계획한 상피고인 김준하의 범행계획의 일환이었는데, 불행하게도 피고인은 이러한 상피고인 김준하의 범행계획을 전혀 알아차리지 못한 것이지요?

답 : (피고인이 한동안 생각하다가) 그렇습니다. 이제야 모든 것이 분명해졌습니다. 김준하 소장이 무엇 때문에 제게 홍익문화연구소의 사무처장직을 제의했는지, 유지연이 왜 저에게 접근했는지, 더욱이 당선축하 인사를 할 하등의 이유가 없는 김준하 소장이 왜 축하인사를 하러 간다고 했는지, 이러한 모든 일은 김준하가 수년 전부터 김인환을 살해할 범행계획을 세워 놓고, 나를 이 계획의 도구로 사용하기 위해서였습니다. 이제야 모든 것을 알겠습니다.

– 이상입니다.

– 피고인 김준하의 변호인은 신문하시겠습니까?

위기다.

정말 강성모 변호사의 추리대로 김준하가 수년 전부터 범행을 계획하였고, 피고인 박형기는 범행계획의 일부로서 하나의 도구에 불과했을까. 그러나 강성모 변호사의 추리는 일견 정교하지 않은가.

어떠한 징소리를 울려야 하나.

박기영(피고인 박형기에게)

문 : 피고인은 대학재학 때 상피고인 김준하와 함께 홍익문화연구회

란 동아리회를 만든 주요 멤버였지요?

답 : 예.

문 : 위 동아리회에서 상피고인 김준하는 회장이었고, 피고인은 기획부장 겸 총무였지요?

답 : 예.

문 : 위 동아리회가 관련된 상피고인 김준하의 국가보안법위반 사건에서 증인이 불리한 증언을 한 것은 증인의 진심에서가 아니라 단지 위 사건을 담당한 김인환 검사가 위증을 강요하였고, 만약 증인이 위증을 하지 않는다면 증인 또한 처벌받거나 고문을 당하겠다는 강박에서 어쩔 수 없이 위증을 했던 것이지요?

답 : 예. 당시의 상황에서 제가 위증을 한 것은 불가피한 선택이었습니다.

문 : 당시 피고인이 처한 그러한 상황을 상피고인 김준하는 알고 있었다고 생각하지 않았나요?

답 : 알고 있었을 것입니다. 그러나 그러한 저의 행위를 이해하였는지는 알 수 없습니다.

문 : 그 사건이 있은 이후에 상피고인 김준하가 피고인의 당시 행위에 대하여 섭섭한 감정이나 불만을 나타낸 적이 있었던가요?

답 : 그 이후로 만나지 않았습니다.

문 : 피고인은 홍익문화연구회의 기획부장 겸 총무로서 일을 한 경험이 있고, 따라서 홍익문화연구소의 사무처장으로의 직무에 대하여 누구보다 적임자라고 할 수 있지요?

답 : 그렇게 판단할 수도 있을 것입니다.

문 : 당시 실직상태에 있었던 피고인의 상황이나 경험, 상피고인 김준하와 피고인의 대학생활에서의 교우관계 등에 비추어 보면, 상피고인 김준하가 피고인의 경제적 어려움을 해소하는 동시에 피고인의 경험과 지식을 활용하기 위하여 홍익문화연구소의 사무처장직을 제안하였다고 하여 하등 이상할 것이 없지 않나요?

답 : 그렇게 생각할 수도 있지만 제가 홍익문화연구소 사무처장으로 임용된 이후의 생활과 범행 당일의 김준하 소장의 이해할 수 없는 행위를….

문 : 피고인은 묻는 말에만 대답하세요. 그렇지 않은가요?

답 : 그렇습니다.

― 이상입니다.

― 검사는 피고인 김준하에 대한 신문을 하십시오.

꽹과리가 어떤 소리를 낼 것인가? 꽹과리 소리가 어떻게 울리던 징소리에 용서를 실어야 한다. 사랑을 실어야 한다. 용서와 사랑을 실은 징소리가 모든 사람들의 영혼을 두드려야 한다.

김용훈 검사(피고인 김준하에게)

문 : 피고인은 고 홍한일 박사를 아는가요?

답 : 예.

문 : 어떤 관계인가요?

답 : 아버님께서 나의 육체적 생명을 주셨다면, 박사님은 나의 정신적 생명을 주신 분입니다. 그 분은 내가 가장 존경했던 스승님이자 정신적 지주입니다.

문 : 피고인은 전회 공판에서 있었던 증인 손나영의 증언을 들었지요?

답 : 예.

문 : 증인 손나영이 M룸살롱에서 있었던 일을 피고인에게 모두 얘기했다고 증언하였는데, 사실인가요?

답 : 예.

문 : 또한 증인 손나영이 김인환으로부터 고문당한 사실을 피고인에게 모두 얘기했다는데, 그것도 사실인가요?

답 : 예. 이 법정에서 증언한 내용보다 더 자세하게 들었습니다.

문 : 피고인은 정신적 지주였던 고 홍한일 박사의 죽음이 손나영이 말한 M룸살롱에서의 일과 김인환의 고문에 의한 사건 조작과 관련이 있다고 생각한 적이 있나요?

답 : 생각만 한 것이 아니라, 지금 이 순간에도 박사님의 죽음은 김인환의 사건 조작이 만든 무형의 살인이라는 확신을 가지고 있습니다.

문 : 피고인은 김인환의 사건 조작 때문에 고교를 퇴학당하고 소년원에 수감되었다고 생각하고 있지요?

답 : 생각이 아니라, 그것은 사실입니다.

문 : 피고인은 김인환의 사건 조작 때문에 대학을 제적당하고 교도

소에 수감되었다고 생각하고 있지요?

답 : 그것 또한 생각이 아니라, 사실입니다.

곽판사 : 본 법정에서의 심리는 생각을 파악하는 것이 아니라 실체적 진실을 추구합니다. 검사는 피고인의 생각을 묻는 신문을 지양하고 사실관계에 대한 신문을 해주십시오.

징소리를 울려 제지해야 할 신문을 북소리가 미리 울려 제지시킨다.

그런데 준하는 용훈의 의도를 모르는 것인가. 결정적인 살인의 동기를 이끌어 내고자 하는 용훈의 의도를 모른단 말인가. 알 것이다. 모를 리가 없다. 그런데도 준하는 오히려 용훈의 의도에 추종하는 진술을 하고 있다. 오히려 용훈의 의도보다 더 나아가고 있다.

징소리를 울려 경각심을 줘야 하지 않을까.

북소리의 제지에도 불구하고 꽹과리 소리는 더욱 흥이 난다.

문 : 그렇다면 김인환의 사건 조작은 피고인의 꿈과 이상을 파괴하였을 뿐만 아니라, 피고인이 가장 존경하는 스승이신 홍한일 박사를 죽음에 이르게 한 가장 근본적인 원인이 되지요?

답 : 나의 꿈과 이상은 김인환의 사건 조작과 같은 그러한 일로 흔들릴 만치 그렇게 허술하지는 않습니다. 오히려 그러한 일은 내가 추구하는 이상을 더욱 견고하게 했습니다. 그러나 박사님의 죽음은 너무나 슬프고 안타까워 고통스러웠습니다. 그 고통이 뼛속까지 사무쳐 원통했습니다.

문 : 그 뼛속까지 사무친 원통이 피고인의 복수심을 유발하지 않았
나요?

답 : 그렇습니다. 복수하고 싶었습니다.

문 : 그래서 피고인은 19××. ×. ×. 24:00경 상피고인 박형기와 함
께 김인환이 투숙하고 있던 호텔 크라운 804호에 침입하여 김인환을
살해하였나요?

답 : 그 부분에 대하여는 대답하지 않겠다고 이미 말씀드렸습니다.

– 이상입니다.

흥겨운 꽹과리 소리가 멈췄다. 징을 울려 장단을 맞춰야 할 차례. 징
소리는 여운이 길다.

박기영(피고인 김준하에게)

문 : 증인 손나영은, 피고인이 '홍익하는 사람은 용서하는 마음을
가진 사람이라는 가르침을 주었다' 고 했습니다. 사실입니까?

답 : 그렇습니다.

문 : 증인 손나영은, 피고인이 '홍익하는 사람은 자비로운 사람이라
는 가르침을 주었다' 고 했습니다. 사실입니까?

답 : 그렇습니다.

문 : 증인 손나영은, 피고인이 '홍익하는 사람은 항상 그 속에 사랑
을 간직하고 있는 사람이라는 가르침을 주었다' 고 했습니다. 사실입니
까?

답 : 그렇습니다.

문 : 증인 손나영은, 피고인이 '홍익하는 사람은 신령스러운 사람이라는 가르침을 주었다'고 했습니다. 사실입니까?

답 : 그렇습니다.

문 : 증인 손나영은, 피고인이 '홍익하는 사람은 신성의 빛 속에서 사는 사람이라는 가르침을 주었다'고 했습니다. 사실입니까?

답 : 그렇습니다.

문 : 증인 손나영은, 피고인이 '용서하지 못하면 언제나 증오와 복수심에서 살게 되고, 자애로운 신성의 빛도 없어진다는 가르침을 주었다'고 했습니다. 그래서 '용서해야 한다는 가르침을 주었다'고 했습니다. '그들을 위해서가 아니라 자신을 위하여 용서해야 한다는 가르침을 주었다'고 했습니다. 사실입니까?

답 : 그렇습니다.

문 : 피고인은 홍익하는 사람입니까?

답 : 홍익하는 사람이 되고자 몸과 마음을 다하여 노력하였고, 지금도 노력하고 있으며, 앞으로 제 생명이 다하는 날까지 노력할 것입니다.

– 이상입니다.

– 피고인 박형기의 변호인은 신문해 주십시오.

강성모 변호사(피고인 김준하에게)

문 : 피고인은 홍익하는 사람입니까?

답 : 그 질문에는 조금 전에 대답하였습니다.

문 : 그러면 홍익하는 사람은 참된 사람입니까?

답 : 진정으로 홍익하는 사람은 참된 사람입니다.

문 : 홍익하는 사람은 거짓된 말을 하지 않지요?

답 : 거짓말은 홍익하는 사람의 말이 아닙니다.

문 : 본 변호인은 피고인이 진정으로 홍익하는 사람이라고 믿고 싶습니다. 홍익하는 사람의 정신과 양심으로 답해 주시기 바랍니다. 피고인은 상피고인 박형기에게 홍익문화연구소의 사무처장직을 제의할 때 피고인의 변호인이 신문한 내용과 같이 상피고인 박형기의 경제적 어려움을 해소하고, 동인의 경험과 지식을 활용하고자하는 순수한 목적으로 제안을 하였습니까?

답 : 대답하지 않겠습니다.

문 : 피고인은 증인 유지연과 상피고인 박형기와의 교제에 어떠한 방법으로든 영향력을 행사한 적은 없습니까?

답 : 대답하지 않겠습니다.

문 : 피고인은 증인 손나영의 본 법정 증언에 대하여 어떠한 영향력을 행사한 적은 없습니까?

답 : 대답하지 않겠습니다.

문 : 피고인은 증인 신경민과 전연 모르는 사이입니까?

답 : 대답하지 않겠습니다.

문 : 피고인은 증인 신경민에게 어떠한 영향력을 행사한 적이 없습니까?

답 : 대답하지 않겠습니다.

– 재판장님, 이의 있습니다. 지금 상피고인 박형기의 변호인은 피고인의 신념을 강요하는 신문을 하고 있습니다. 신문을 중지시켜 주십시오.
– 피고인 김준하의 변호인의 신청을 기각합니다. 피고인 박형기의 변호인은 신문을 계속하여 주십시오.

문 : 피고인은, 이 사건과 관련하여 누군가 일련의 메시지를 언론에 제보하는 메시지의 발신자가 누구인지 알지 못합니까?
답 : 대답하지 않겠습니다.
문 : 피고인은 이 사건 범행이 일어난 날 23:00경에 상피고인 박형기의 집에 간 적이 없습니까?
답 : 대답하지 않겠습니다.
문 : 피고인은 이 사건 범행이 일어난 날, 상피고인 박형기와 함께 호텔 크라운 804호실에 간 적이 없습니까?
답 : 대답하지 않겠습니다.
문 : 위 호텔에서 피살된 공소외 망 김인환은 피고인에 의해 직접 살해된 것이 아닙니까?
답 : 대답하지 않겠습니다.
문 : 상피고인 박형기가 김인환의 살해에 직접 가담하거나 이를 방조한 사실이 있습니까?
답 : 대답하지 않겠습니다.

문 : 피고인이 본 변호인의 신문에 대답하지 않겠다는 것은 만약 피고인이 대답을 하면 홍익하는 사람의 정신과 양심에 반하기 때문이 아닙니까?

답 : 대답하지 않겠습니다.

– 이상입니다.

곽판사 : 재판장으로서 피고인 김준하에게 마지막으로 물어보고자 합니다. 피고인은 자신이 진정한 홍익하는 사람이라고 여기고 있습니까?

김준하 : 아닙니다. 저는 아직 부족합니다. 그러나 진정한 홍익하는 참 사람이 되기 위하여 몸과 마음과 영혼을 바칠 것입니다.

곽판사 : 검사나 변호인은 더 이상 제출할 증거가 있는가요? 그러면 이상으로 모든 증거조사를 마치겠습니다. 검사는 구형해 주십시오.

이제 굿판을 걷어야 할 때, 마지막 꽹과리와 징소리를 울려야 한다.

준하가 바랐던 꽹과리 소리였을까? 징소리는 또 어떻고?

그가 원하는 소리였던, 아니었던 간에 징소리가 굿판을 망쳐놓지 않는 것만으로 위안을 삼자.

김용훈 검사 : 구형을 하기 전에 먼저 이 사건 공판과정에서 드러난 고 김인환 검사의 인권유린 행위에 대하여 재판장님을 비롯하여 이 법정에 계신 방청객들뿐만 아니라 이 재판에 관심을 갖고 계신 모든 분

들께 같은 검사의 입장에서 참담한 심정으로 진심어린 사죄의 말씀을 드리고자 합니다. 그러나 자칫 묻혀질 뻔했던 오도된 권력에 의한 불법행위가 같은 검찰의 적법한 절차에 의하여 시정될 수 있는 계기가 되었다는 점은 검찰의 명예를 위하여 그나마 다행이라고 여깁니다. 저희 검찰은 이를 계기로 더욱 자성하여 적법절차에 의한 인권보장을 위하여 노력할 것을 약속드립니다. 구형하겠습니다.

먼저 피고인 박형기에 대하여 보겠습니다.

피고인 박형기는 이 사건 범행 현장에 상피고인 김준하와 함께 있었다고 자백하고 있습니다. 다만 범행 현장에 있었지만 피고인은 아무런 역할을 하지 않았고, 상피고인 김준하의 범행을 예상하지도 못했다고 하면서 무죄를 주장하고 있습니다. 그러나 동 피고인이 미국으로의 도주를 기도하였던 점, 체포된 당일 동 피고인과 내연의 관계에 있는 공소외 유지연의 통장에 십억 원이라는 거액의 돈이 입금되었고, 이 돈은 동 피고인이 범행의 대가로 받은 도피자금으로 보이는 점, 동 피고인이 상피고인 김준하와 홍익문화연구소에서 함께 근무하고 있는 점, 범행의 도구로 사용된 칼이 동 연구소의 옥외 연못에서 발견된 점 등의 여러 증거에 비추어 볼 때, 동 피고인이 상피고인 김준하와 함께 처음부터 범행을 모의하고 실행했을 것임은 분명합니다. 또한 동 피고인은 이 사건 범행에 대하여 무죄를 항변하고 있을 뿐 개전의 정을 보이고 있지 않습니다. 따라서 동 피고인에 대하여는 중형으로 처단함이 마땅합니다. 다만, 피고인이 이 사건 범행을 실행할 당시의 가담 정도를 살펴볼 때, 같은 정범이지만 피고인의 가담정도는 오히려 종범의 성격이 강하다 할 것이므로 본 검사는 이를 참작합니다. 이에 본 검사는 피고인 박형기에 대하여 징역 15년을 구형하는 바입니다.

다음으로 피고인 김준하에 대하여 봅니다.

먼저 피고인의 이 사건 범행에 대하여는 같은 공범인 상피고인 박형기가 자백을 하고 있고, 범행에 사용된 범행도구가 동 피고인이 근무하는 홍익문화연구소의 옥외 연못에서 발견된 점은 움직일 수 없는 증거라 할 것입니다. 또한 피고인의 과거가 이 사건의 피해자인 고 김인환 검사의 권력을 이용한 불법범죄 행위에 의하여 유린되었던 점, 특히 피고인의 정신적 지주였던 고 홍한일 박사의 죽음은 피고인이 이 사건 범행을 실행하였다는 강력한 동기가 됩니다. 따라서 피고인이 유죄라는 점에 대하여는 의문의 여지가 없다 할 것입니다.

다음으로 피고인의 이 사건 범행은 고 홍한일 박사의 사건이 있었던 시점부터 아주 정교하고 치밀하게 계획된 범죄로서 이미 언론에 보도된 바와 같이 피고인은 지금 이 순간에도 공범으로 여겨지는 누군가의 메시지를 통하여 검찰과 심지어 이 사건을 심리중인 법원을 우롱하고 있습니다. 또한 피고인의 이 사건 범행은 피고인의 전력에도 불구하고 지극히 사적인 보복살인의 성격을 가진다는 점에서 그 죄질의 불량성이 더욱 강조되어야 할 것입니다. 나아가 피고인의 이 사건 범행은 피해자의 목이 절단될 정도로 깊은 자상을 입힌 그 수법이 매우 잔인하고 가혹한 방법에 의한 살인입니다.

그런데도 피고인은 이 사건 법정에서 전혀 반성의 기미가 없이 오히려 홍익하는 사람이라는 실체가 확인되지 않는 자신의 신념을 궤변하며 이 사건 범행을 은폐하려 하고 있습니다.

여기 이 법정에 계신 방청객뿐만 아니라 이 나라의 모든 사람들이 웃고, 울며, 부대끼며 살아가는 이 나라는 법치주의 국가입니다. 이러한 법치국가에서는 어떠한 경우에도 사적 보복이 허용될 수 없습니다. 사적 복수심에 의한 보복살해는 적법절차를 부정하는 것으로서 법치국가의 가장 치명적인 해악입니다.

물론 피고인의 이 사건 범행은 법치국가에서의 오도된 권력의 횡포가 그 원인이 된 점은 정상으로 참작할 만한 여지가 있다 할 것입니다. 그러나 적법절차를 통하여 피고인 본인의 억울함이나, 고 홍한일 박사의 억울함을 시정할 수 있는 충분한 시간과 증거를 확보하고 있었던 피고인이 이러한 적법절차를 무시하고 사적인 복수를 기도하였다는 점, 이러한 복수를 위하여 피고인이 아주 정교하고 치밀하게 이 사건 범행을 계획하였다는 점, 범행의 동기가 위와 같이 지극히 사적인 개인적인 복수심에 기인하고 있는 점, 그 수법이 매우 잔인하고 가혹한 방법이라는 점, 그런데도 피고인이 전혀 개전의 정을 보이지 않고 여전히 추상적인 궤변으로 오히려 법정을 모독하고 있는 점, 지금도 피고인은 공범으로 보이는 누군가를 통하여 추가의 범행을 획책하고 있는 것으로 보이는 점 등에 비추어 보면 피고인에 대하여는 법이 정하는 최고의 중형으로서 처단함이 마땅할 것입니다.

이에 본 검사는 어떠한 경우라도 허용될 수 없는 사적인 보복살인으로 법치국가 이념의 근간을 해치고자 하는 피고인에게….

용훈은 마지막 한 마디를 남겨 놓고 있다. 우리가 사랑했고, 사랑하

는 사람에게 그가 맡은 역할은 그의 말대로 최고의 악역이다. 용훈의
이 고통을 준하는 알고 있을 것이다.

기영은 준하와 용훈의 얼굴을 번갈아 바라보았다. 준하의 표정은 여
전히 담담했다. 용훈이 마지막 한 마디를 하기 직전 고개를 들어 천장
을 올려 보았다. 두터운 안경 사이에 고인 눈물을 감추고자 함이리라.

용훈의 마지막 한 마디가 떨려 나왔다.

– …사형을 구형합니다.

곽판사 : 피고인 박형기의 변호인은 변론해 주십시오.

강성모 변호사 : 피고인 박형기가 이 사건 범행에 가담하지 않은 사
실에 대해서는 이제까지의 공판과정에서 말씀드린 바와 같습니다. 그
러나 설사 피고인의 혐의가 인정된다 하더라도 피고인의 이 사건 행위
는 적극적 가담자가 아니라 소극적 방조자 내지는 종범의 역할에 지나
지 않습니다. 따라서 이러한 사정을 참조하시어 피고인에게 최대한의
관용을 베풀어 주시기 바랍니다.

곽판사 : 피고인 박형기, 마지막으로 하고 싶은 말은 없습니까?

박형기 : 재판장님, 저는 억울합니다. 저는 정말 살인에 가담하지 않
았습니다. 단지 호텔에 따라갔다가 사건에 연루되었을 뿐입니다.

곽판사 : 피고인 김준하의 변호인은 변론해 주십시오.

박기영 : 이 사건에서의 직접적인 증거는 상피고인 박형기의 자백과

범행에 사용된 도구입니다. 그러나 상피고인 박형기가 체포된 당일 내연의 관계에 있는 유지연의 통장에 십억 원이 입금되었는데도 상피고인이 이러한 돈의 성격을 부인하고 있는 점 등, 이제까지의 공판과정에서 나타난 여러 정황들을 살펴볼 때 이 진술의 신빙성은 의문입니다. 따라서 상피고인 박형기의 자백이 피고인의 유죄를 입증하는 증거가 될 수 없습니다. 또한 만약 피고인이 범인이라면 범행에 사용된 도구를 자기가 근무하는 연구소의 옥외 연못에 은닉할 정도로 허술하게 증거를 인멸하지는 않았을 것입니다. 더구나 이 사건에는 공소외 최경호의 머리카락이 피살자의 사체에서 발견되는 등 오히려 피고인의 범행이 아니라는 증거가 더욱더 두드러지게 나타납니다. 따라서 피고인은 무죄입니다. 그러나 설사 피고인의 죄책이 인정된다고 할지라도 이 사건 범행의 동기가 불법권력에 의하여 유발된 점, 피고인은 오히려 이러한 불법의 권력에 의한 희생자인 점, 특히 피고인의 행위는 우리 시대의 양심으로 존경을 받고 있던 고 홍한일 박사의 죽음이라는 공분에 의한 것이지, 피고인 개인의 사적인 복수심에 의한 것이 아니라는 점을 고려하시어 피고인에게 최대한의 관용을 베풀어 주시기 바랍니다. 기타 상세한 증거 관계와 정상 참작 사유에 대해서는 별도의 변론요지서를 제출하겠습니다.

곽판사 : 피고인 김준하, 이제 공판은 모두 끝났습니다. 마지막으로 하고 싶은 말은 없는가요?

김준하 : 먼저 이 사건의 심리과정을 인내로써 지켜봐 주신 재판장님

이하 배석판사님께 감사를 드립니다. 그리고 이제까지 불법 권력이 아닌 적법절차로써 맡은 바 책무를 성실하게 수행해 주신 김용훈 검사님께 진심어린 감사를 드립니다. 마지막으로 저의 변호를 위하여 정성을 기울여 주신 박기영 변호사님과 지금 이 법정의 방청석뿐만 아니라 다른 곳에서 저를 아껴주고 성원해 주신 모든 분들에게도 감사를 드립니다. 이제 저는 돌아갑니다. 그러나 제가 태어나 숨 쉬고 살아왔던 이 땅의 모든 것들은 제 기억 속에 각인되어 제 영혼과 함께 있을 것입니다. 돌아가서 이렇게 말하겠습니다. 이 땅의 모든 것들을 사랑했다고. 내가 태어나 살아온 내 생은 정말 아름다웠다고 말하겠습니다. 감사합니다.

공판은 끝났다.

준하는 자리에 앉아 눈을 감고 있었다. 반듯하게 앉은 모습이 영원히 깨지지 않을 석상과 같았다. 고개를 숙여 어깨를 들먹이며 흐느끼고 있는 박형기와는 대조적이었다.

그것도 잠시 재판장이 일어서고, 방청석은 술렁거렸다.

기영도 잠시 눈을 감았다가 깊은 한숨을 내쉬었다.

이대로 보내는 것인가. 우리들이 사랑하는 사람을 영원히 떠나보내야 할지도 모른다.

그럴 수는 없다. 최선을 다해 보자.

기영은 주먹을 쥐고 일어섰다. 그리고 방청석을 둘러보았다. 없었다. 준하를 그토록 사랑했던 그 소녀는 없었다. 아니, 기영이 그토록 사랑했던, 맑고 순수한 영혼을 가졌던 그 소녀는 오늘도 보이지 않는다.

빛의 무게

선고 열흘 전.

─ 변호사님, 손님이 오셨습니다.

─ 예, 들어오시라고 하세요.

변론요지서의 작성에 몰두하고 있던 기영은 자리에서 일어났다. 변호사실의 문이 열리고 두 남자가 들어 왔다. 한 사람은 오십대 중반쯤으로, 또 한 사람은 삼십대 초반쯤으로 보이는 남자였다.

─ 우선 앉으시죠. 어떤 일로 오셨는가요?

기영이 소파에 앉기를 권하면서 물었다.

─ 김준하 사건과 관련하여 부탁드릴 말씀이 있어 이렇게 찾아뵈었습니다.

중년의 남자가 말했다.

– 김준하와는 어떤 관계가 됩니까?

– 김준하와 관계가 되는 것이 아니라 그 반대입니다. 이번 사건으로 유명을 달리한 김인환의 동생 김경환이라고 합니다. 그리고 이 아이는 형님의 유일한 혈육인 김우열입니다.

– 아, 그렇습니까?

기영은 긴장했다. 드문 경우지만 가끔씩 피해자의 가족이나 친지 등 관계인들이 가해자의 변호사 사무실로 찾아와 행패를 부리거나 무리한 합의금을 요구하는 일이 있었다. 이번 재판의 경우에는 비록 법정에서였지만 피해자 김인환의 유족들이 고인의 명예훼손을 거론할 수 있는 상황이었다.

– 여러 가지로 상심이 크셨겠습니다. 재판과정에서 본의 아니게 고인에게 누를 끼치는 말을 하게 되었습니다.

기영이 사안을 의식하고서 정중하게 사과했다.

– 아닙니다. 천만에요.

– 그런데 어떤 일로 오셨는지요?

– 먼저 저희들이 작성한 이 탄원서를 받아 주십시오.

– 탄원서라니요? 피해자의 탄원서라면 직접 법원에 제출하는 것이 좋을 텐데요.

대개의 피해자들은 합의금을 더 많이 받기 위하여, 또는 보복 심리에서 가해자의 엄벌을 요구하는 탄원서를 법원에 제출하는 경향을 염두에 둔 말이었다.

– 김준하 소장님의 처벌을 요구하는 탄원서가 아닙니다. 그 분의 구

명과 선처를 당부하는 탄원서입니다.

　- 제가 오해를 했습니다. 죄송합니다. 그런데 수사기록에는 고인의 혈육이 없는 것으로 나와 있던데요?

　김인환의 유일한 혈육이라면서 함께 온 김우열을 의식하고서 기영이 말했다.

　- 예, 호적상으로는 제 자식으로 되어 있습니다. 그러나 이 아이는 사실 형님의 소생입니다.

　- 무슨 사정이 있었던 것 같군요.

　- 예, 이 아이의 어머니는 당시 가난한 대학생이었던 형님의 뒷바라지를 위해 대학 이학년 때부터 희생을 하신 분이었습니다. 그런데 형님이 사법고시에 합격하자 이 아이의 어머니를 버린 것이었지요. 현재의 형수님과의 결혼식이 있던 날, 이 아이의 어머니는 그 충격으로 하혈을 쏟으며 쓰러졌습니다. 당시 임신 팔개월의 만삭의 몸이었죠. 그리고 이 아이를 낳고는 유명을 달리 하셨습니다. 그 일 때문에 이 아이의 할머니도 농약을 마시고 스스로 목숨을 끊으셨지요. 저희들은 이 아이의 출생을 형님께 숨겼습니다. 어차피 형님께 알리더라도 당시 형님의 성격상 이 아이를 키우지는 않을 것이었고, 새로 신혼살림을 차린 신부에게 충격만 주게 될 것이 눈에 보듯 뻔했으니까요. 그래서 할 수 없이 이 아이를 제 호적에 등재하여 이제껏 키웠습니다. 하지만 이 아이는 형님의 유일한 혈육입니다.

　- 그랬군요. 충격이 크셨을 텐데, 아버님의 일은 정말 유감입니다.

　- 고맙습니다.

– 저희들이 여기 온 것은 탄원서를 전하기 위해서이기도 하지만, 김 준하 소장님께 저희 가족들의 용서를 대신 빌어달라는 부탁을 하러 온 것입니다. 돌아가신 형님이 이 아이의 어머니께 한 짓도 참으로 용서 받을 수 없는 일이거니와 김준하 소장님과 홍한일 박사님 등 여러 사 람들에게 저지른 일을 생각하면 하늘 아래 얼굴을 들 수가 없습니다. 부디 잊지 마시고 꼭 저희 가족들의 용서를 구하는 마음을 소장님께 전해 주십시오. 그리고 법정에서 고문을 당했다고 증언한 그 여자분에 게도 저희 가족들의 용서를 구해 주시면 더욱 고맙겠습니다. 변호사님 께도 부디 예수님의 사랑과 은총이 강림하시길 기도하겠습니다.

– 교회에 나가시는 모양이군요?

– 예, 돌아가신 이 아이 어머니의 은총으로 교회의 장로가 되었습니다. 제 여생은 형님으로 인하여 피해를 입은 사람들의 영혼과 황폐했던 형님의 영혼을 위로하는 기도로 살아갈 것입니다. 귀한 시간을 내 주셔서 감사합니다.

교회 장로라는 김경환과 김인환의 유일한 혈육이라는 김우열이 돌아가고 난 뒤, 기영은 한동안 깊은 생각에 잠겼다.

같은 피를 타고 태어난 사람이 이렇게 다를 수 있다니…. 홍익하는 사람은 신성의 빛 속에서 사는 사람이라는 준하의 말이 떠올랐다. 신성의 빛 속에서 사는 사람과 그렇지 않은 사람의 의식의 차이가 이렇구나. 이것은 단순한 지식이나 교양의 문제가 아니다. 김인환이 그토록 추구했던, 아니 기영 자신은 물론, 대개의 보편적인 사람이 추구하는 명예나 권력과는 동떨어진 인간 내면에 깊이 자리한 영혼의 문제다. 준하의 영혼도 이런 것인가….

기영은 다시 변론요지서 작성에 몰두하기 시작했다.

변 론 요 지 서

사 건 ××××고합1279 살인등
피고인 김준하

위 사건에 대하여 피고인 김준하의 변호인은 다음과 같이 변론을 개진합니다.

다   음

1. 피고인 김준하(이하 피고인이라고 한다)에 대한 공소 사실은 공소장 및 변경된 공소장 기재의 사실을 원용합니다.

2. 증거관계

가. 피고인의 유죄를 입증하는 증거에 대하여

피고인의 유죄를 입증하는 이 사건에서의 직접적인 증거는 상피고인 박형기(이하 상피고인이라고 한다)의 자백 및 증언과 범행에 사용된 도구(칼) 및 샴페인 병입니다. 그리고 나머지 증거들은 2차적이거나 간접적인 증거이거나, 피고인의 범행의 동기와 관련한 증거입니다. 이하에서는 이들 증거가 증거로서의 가치를 가지는 것인지의 여부(증거의 가치평가)를 중심으로 살펴봅니다.

(1) 상피고인 박형기의 자백 및 증언

가) 상피고인의 이 사건 법정에서의 진술 및 증언은 피고인과 상피고인이 이 이 사건 기재의 일시 및 장소(호텔 크라운 804호 ; 이하 이 사건 범행 장소라고 한다)에 침입하여 피고인이 방심한 공소외 망 김인환(이하 이 사건 피해자라고 한다)을 먼저 미리 준비한 샴페인 병으로 가격하여 반항을 억제시킨 후, 다음으로 미리 준비한 등산용 칼(이하 이 사건 범행 도구라고 한다)로 피해자의 목을 자상하여 살해하였다는 것입니다.

나) 그러나 이와 같은 상피고인의 진술은 다음과 같은 의문이 있습니다. 즉 후술하는 사건외 박상훈이 집도한 부검조서에는 피해자의 머리에 난 상처(후두부 함몰 직경 3cm)가 샴페인 병에 의해 생긴 것이 아니라 둥근 원형의 머리를 가진 망치와 같은 도구에 의하여 생성된 것으로 보인다는 견해입니다. 또한 상피고인과 내연의 관계에 있는 증인 유지연의 통장에 십억원이 입금된 사실은, 상피고인이 이 사건 범행의 대가로 받은 돈이거나, 아니면 상피고인이 누군가로부터(이 돈은 사건외 송철준이 송금한 돈으로서 피해자와 정치적 라이벌 관계가 있는 사건외 정해현과 관계있는 돈으로 추정된다) 돈을 받고 피고인을 범인으로 몰고 가기 위하여 위증을 한 것이 아닌가 하는 강한 의심을 갖게 합니다. 따라서 상피고인의 자백이 피고인의 유죄를 입증하는 증거가 될 수 없습니다.

(2) 범행 도구(칼)

가) 이 사건 범행에 사용된 도구(칼)는 피고인이 근무하는 홍익문화연구소 옥외 연못에서 발견되었습니다. 그리고 피고인이 범행 후, 이 범행 도

구를 위 장소에 은닉하였다는 사실은 상피고인의 피의자신문조서에서 확인됩니다. 나아가 부검조서에는 피해자의 목에 나타난 자상은 이 도구에 의한 것임이 확인됩니다.

나) 그러나 이 사건 범행 도구가 발견된 과정이 위와 같이 신빙성 없는 상피고인의 진술에 의존하고 있고, 나아가 만약 피고인이 범인이라면 범행에 사용된 도구를 자기가 근무하는 연구소의 옥외 연못에 은닉할 정도로 허술하게 증거를 인멸하지는 않았을 것입니다.(검찰은 피고인의 이 사건 범행이 수년에 걸쳐 정교하고 치밀하게 계획한 계획범죄라고 한다.) 따라서 이 범행 도구는 누군가가 피해자를 살해한 후 그 범행을 피고인에게 전가하기 위하여 위 같은 장소에 갖다 놓은 것이 아닌가하는 의심을 갖게 합니다. 그렇다면 이 사건 범행 도구가 피고인이 근무하는 직장 옥외 연못에서 발견된 사실이 피고인의 유죄를 입증하는 증거가 될 수 없다 할 것입니다.

(3) 범행 도구(샴페인 병)

가) 상피고인의 진술 및 증언은 이 사건 범행의 도구로 샴페인 병이 사용되었다는 것이고, 이에 부합하는 샴페인 병이 범행현장에서 발견되었습니다.

나) 그러나 부검을 집도한 의사 사건외 박상훈의 증언에 의하면, 피해자의 직접적인 사인을 유발한 것으로 추정되는 후두부에 나타난 후두부함몰은 이 범행도구에 의하여 생성된 것이 아니라, 둥근 원형의 망치에 의한 것이라는 소견입니다. 따라서 이 도구는 피고인의 범행을 입증하는 증거로서의 가치를 상실합니다.

(4) 문서송부촉탁 기록

피고인의 과거 상해 사건 및 국가보안법위반 사건 기록은 피고인의 범행 동기를 추정할 수 있는 이차적이고 간접적인 자료에 불과합니다. 따라서 이들 기록은 유죄의 증거가 될 수 없습니다. 고 홍한일 박사의 향정신성의약품관리법위반(마약) 사건 기록 또한 마찬가지입니다.

(5) 증인 최경호 및 손나영의 증언

증인 최경호 및 손나영의 증언 또한 위 홍한일 박사의 향정신성의약품관리법위반(마약) 사건 기록과 마찬가지로 피고인의 범행의 동기를 추정하는 간접적이고 이차적인 진술에 불과합니다.

(6) 소결

따라서 위 증거들은 피고인의 이 사건 범행을 단정하게 하는 증거로써의 가치를 가지지 못합니다.

나. 피고인의 무죄를 입증하는 증거에 대하여

위에서의 증거가 피고인의 유죄를 입증하는 증거로써의 가치가 미흡하다는 점에 대해서는 이미 지적한 바와 같습니다. 나아가 이러한 사실은 다음 증거에서 더욱더 명확하게 나타납니다.

(1) 공소외 최경호의 머리카락

피해자의 부검에서 발견된 공소외 최경호의 머리카락은 동인이 이 사건에서의 진범이 아닌가하는 강한 의심을 갖게 합니다(이러한 이유로 말미암아 검찰은 동인의 구속영장을 신청하였고, 이 영장은 발부되었다.).

(2) 증인 신경민의 증언

증인 신경민의 이 사건 법정에서의 증언은 공소외 최경호가 범행 당일 범행 현장에서 가까운 호텔 크라운 주차장에서 접촉사고를 냈다는 것이고, 동인은 이를 은폐하기 위하여 증인 신경민에게 돈 천만 원을 주었다는 것입니다. 이는 피해자의 부검에서 발견된 동인의 머리카락과 더불어 동인이 이 사건의 진범이 아닌가하는 의심을 더욱 강화합니다.

(3) 사건외 박상훈의 증언 및 부검조서

이 사건 법정에서 증언한 집도의 박상훈의 증언은 피해자의 후두부에 나타난 두개골 함몰이 증거로 제시된 샴페인 병에 의한 상처가 아니라, 둥근 원형의 망치에 의한 것이라는 소견입니다. 그리고 피해자의 직접적인 사인은 목의 자상과 이 후두부함몰이라는 것입니다. 따라서 이 진술은 가장 유력한 증거인 상피고인의 진술 및 증언이 증거로서 평가를 받을 수 없다는 주장의 유력한 근거가 됩니다.

(4) 증인 유지연의 증언

가) 증인 유지연의 증언은 상피고인이 체포된 당일 사건외 정해현의 후원회장인 사건외 송철준으로부터 돈 십억 원을 받았다는 것입니다.

나) 따라서 이 증언은 피해자의 부검에서 공소외 최경호의 머리카락이 발견된 사실과 결부하여 동인(위 정해현의 보좌관이다)이 자신의 상관인 정

해현을 위하여 자발적으로(또는 정해현으로부터 지시를 받아) 정치적 라이벌 관계에 있는 피해자를 살해한 후, 이를 피고인에게 전가하기 위하여 상피고인을 이용한 것이 아닌가하는 의심을 갖게 합니다. 즉 상피고인 박형기가 돈을 받은 사실은 피해자와 정치적 라이벌 관계에 있는 사건외 정해현 또는 최경호가 선거에서 패배하자 피해자를 살해하였고, 이에 대한 혐의가 공소외 최경호에게 부여되자(이 혐의로 구속영장이 발부되었다) 이를 모면할 목적으로 상피고인에게 돈을 주어 피고인에게 혐의를 전가시키도록 한 대가일 가능성이 농후하다는 것입니다.

다) 따라서 증인 유지연의 증언은 상피고인 박형기의 조서 및 증언이 증거로서 가치가 없다는 것을 나타내는 결정적인 증거라 할 것입니다.

다. 피고인은 무죄입니다.

이상의 증거에 대한 평가에 의하면 피고인의 유죄를 입증하는 증거는 없거나, 그 증거가치가 유죄를 입증하기에는 미흡하고, 따라서 이 사건에서의 공소 사실에 대하여 피고인은 무죄입니다.

3. 피고인의 성장과정

가. 어린 시절

(1) 백두대간의 남쪽 끝 지리산 산기슭의 작은 산골마을에 또래의 아이들보다 유난히 정의감이 강하고 용기를 가진 한 소년이 있었습니다. 그래서 또래의 아이들과 주위 사람들은 그를 대장이라고 불렀습니다. 그런 대장의 아버지는 토벌대에 쫓기다 구사일생으로 생명을 건진 빨치산이었습니다. 아버지는 생명을 잃을지도 모르는 절체절명의 순간에서 그가 젊음을

바친 공산주의 이념이 인간의 얼굴을 한 야만에 불과하였다는 것을 깨달았습니다. 그래서 아버지는 그 야만의 얼굴을 버렸습니다. 대장의 아버지는 전향한 지식인이었습니다.

(2) 대장의 아버지는 야만의 얼굴을 대체할, 그의 새로운 이념적 좌표를 우리나라의 국시인 홍익인간에서 찾았습니다. 아버지가 이념적 좌표로서 설정한 홍익인간은 기존의 '널리 인간을 이롭게 한다'는 개념이 아니라, '사람(人)과 사람(人)의 사이(間)를 널리 이롭게 한다'는 새로운 가치개념으로 정립된 것이었습니다. 아버지는 홍익인간의 새로운 개념정립을 통하여 당시의 좌와 우의 대립을 지양하고, 서로 소통할 수 있는 서로간의 화해와 용서를 모색하였던 것입니다. 그러한 홍익인간의 실천적 개념으로써 대장의 아버지가 추구한 것은 개인으로서의 홍익인弘益人이었고, 전체로서의 이화세계理化世界였습니다.

(3) 대장은 그러한 아버지의 정신적 자양분을 먹고 성장하였습니다. 대장의 아버지는 대장에게 홍익정신의 함양을 위한 교육방법으로 단전호흡과 명상을 가르쳤습니다. 단전호흡을 통한 기(氣)수련은 어린 대장에게는 일상화된 것이었고, 대장은 이러한 수련을 통하여 조화로운 인성을 갖춘 청년으로 성장하였습니다.

(4) 그러나 대장의 아버지는 피고인이 초등학교 오학년, 어느 겨울날, 노루사냥을 나온 미군의 오인사격에 의하여 유명을 달리하는 황당한 참변을 당하였습니다.

나. 청년시절

(1) 어려서 아버지를 여의는 정신적 아픔과 경제적 어려움 속에서도 대

장은 굳건하게 성장하여 고교에 진학하였습니다. 대장이 진학한 고교는 당시 수재들만 진학한다는 Y고교였습니다.

대장은 그곳에서 전교 수석을 차지하는 총명한 인재였습니다. 그런데 이를 시기한 한 급우의 모함에 의해 대장은 상해죄를 범한 비행소년이 되어 소년원에 송치되었습니다. 대장을 시기한 그 급우는 당시 Y고교에서 유일한 폭력서클인 악동클럽의 회장이었습니다. 이 일로 말미암아 대장은 학교에서 퇴학을 당하였습니다.

나) 소년원에서 독학으로 공부한 대장은 검정고시를 거쳐 대학에 진학하였습니다. 대학에서 대장이 추구한 것은 아버지가 추구하였던 홍익이념의 실천을 위한 방법적 모색이었습니다. 이를 위하여 대장은 홍익문화연구회란 동아리회를 만들어 홍익정신의 저변확대를 위한 실천적 활동을 구체화시켰습니다. 이 과정에서 대장이 만난 사람이 현 홍익고등학교 설립자이자, 학교법인 홍익재단의 이사장이신 고 홍한일 박사님이었습니다. 이때 대장은 홍한일 박사님의 신실증주의 사학의 영향을 받아 그가 추구하던 홍익정신을 역사이념으로 확장시키는 새로운 역사관을 확립하는 계기를 마련할 수 있었습니다. 이런 점에서 고 홍한일 박사님은 대장의 사상에 지대한 영향을 끼쳐 새로운 역사관을 정립하게 한 정신적 지주였습니다.

그러나 대장은 공교롭게도 피고인과 함께 같은 과에 진학한 위 같은 급우의 시기와 모함을 다시 받아 국가보안법위반으로 기소되어 실형 삼년의 수형생활을 해야 했습니다. 이로 말미암아 피고인은 대학에서 제적되었습니다.

4. 피고인, 사건외 정해현, 피해자

가. 위와 같은 성장과정을 거친 대장이 바로 이 사건의 피고인 김준하입니다.

나. 피고인이 고교 때 소년원에 가게 된 원인을 제공하고, 대학 때 국가보안법위반으로 실형의 언도를 받도록 시기와 모함을 한 학생이 사건외 정해현입니다.

다. 사건외 정해현의 시기와 모함이 사실이 아니라는 것을 알면서도 오히려 동인이 제공한 뇌물을 받고 권력을 불법으로 행사한 사람이 피해자 고 김인환입니다.

5. 홍익인, 이화세계
　– 피고인의 내면세계와 사회활동–

가. 고 홍한일 박사의 정신적 영향을 받은 피고인에게 닥친 수형생활은 오히려 피고인의 의식을 더욱 확장하는 계기가 되었습니다. 그리하여 피고인은 아버지의 사상인 홍익인간, 이화세계의 이념을 홍한일 박사의 역사관에 접목시켜 이 이념을 인류가 추구해야 할 보편적 이념체계로서 그 이론적 토대를 구축하고자 하였습니다.
　즉 피고인의 아버지가 이 이념을 당신이 체험했던 좌익과 우익의 대립을 용서와 화해로써 통합할 수 있는 새로운 정치이념으로 국한하여 파악하였다면, 피고인은 고 홍한일 박사의 신실증주의 역사관(인류의 보편적 가치체계로 정립되어 있는 기독교의 사랑, 불교의 자비라는 가치체계가 형성되기 이전에 이미 우리의 선인들은 이러한 가치체계를 포함하는 홍익인간, 이화세계라는 보다 시원적인 인류 보편적 가치체계를 형성하고 있었음을 강조하고 있다)을 이에 접목시켜 이 이념이 현재 지구상의 정치, 경제, 사회적 분쟁은 물론이고, 인종과 종교에서 비롯되는 모든 분쟁을 용서와 화해, 사랑으로 치유할 수 있는, 인류가 추구해야 할 가장 보편적 가치의 개념으로 그 이론적, 학문적 체계를 정립하였던 것입니다. (이에 관한 자세한 내용은 피고인의 논문 '홍익정신의 학문적 고찰' 및 저서 '홍익정신과 이화세계, 부제 왜 홍익하는 사람이어야 하는가?'참조).

나. 피고인은 이러한 학문적 토대를 바탕으로 고 홍한일 박사가 설립한 홍익문화연구소의 소장으로 재직하면서 홍익인을 양성하는 후학의 교육과 인류가 추구해야 할 보편적 가치체계로서의 홍익인간, 이화세계의 사상적 기초 수립을 위한 홍익문화연구에 매진하고 있습니다. 그리고 피고인이 홍익인으로 양성한 많은 제자들은 지금 우리사회의 각 방면에서 훌륭한 사회인으로 활동하고 있습니다.

6. 범행의 동기
 - 고 홍한일 박사 -

그런데 피고인의 정신적 지주였던 고 홍한일 박사는 피해자와 사건외 정해현이 공모한 음모에 의하여 윤리, 도덕적으로 파렴치범이 되어 사회적 지위와 명예 등 당신 일생에 걸친 모든 성과를 잃어버리고 말았습니다. 피해자의 사건 조작에 의한, 고 홍한일 박사의 이 사건이 있기 전, 고인은 이 시대의 양심으로서 모든 국민의 존경의 대상이었던 점은 공지의 사실입니다.

7. 결론
 - 피고인은 무죄입니다. 그러나 설사 피고인이 유죄라고 하더라도 피고인이 홍익의 길을 걸을 수 있도록 배려하여 주시기 바랍니다.

가. 이상에서의 증거관계에 비추어 피고인은 무죄입니다. 그러나 설사 피고인이 유죄라고 하더라도 피고인의 위와 같은 성장과정, 피해자와 피고인의 관계, 피해자가 고 홍한일 박사에게 가한 박해 등 정상을 참작하여 주시기 바랍니다.

나. 피고인은 이 법정의 최후 진술에서 '나는 돌아갑니다, 돌아가서 아름다웠던 생의 이야기를 하겠다'고 하였습니다. 피고인의 변호인은 피고인의 이 말이, 고 홍한일 박사의 전철을 밟겠다는 의미로 여겨져 두렵고 참담한 심정입니다. 피고인은 이 사건 공판에서 비로소 그 누명이 벗겨진 고 홍한일 박사의 유지를 이어받은, 또 하나의 우리 시대의 양심입니다. 이 지구상의 그 어떤 생명이 고귀하지 않을까 만은 피고인의 생명은 더욱 고귀합니다.

다. 부디 현명한 판단으로 피고인이 참된 홍익의 길을 걸을 수 있는 기회를 주시기 바랍니다. 그리하여 양심과 도덕이 허물어져 가는 이 혼란의 시대에 피고인이 그토록 갈망하는 이화의 밝은 세계가 도래할 수 있도록 함께 기도해 주시면 감사하겠습니다.

첨 부 서 류

1. 소견서(부검의 박상훈)   1통
1. 탄원서(피해자의 유족)   1통
1. 탄원서(홍익고등하교 재학생 일동)   1통
1. 피고인의 논문 '홍익정신의 학문적 고찰' 1부
1. 저서 '홍익정신과 이화세계, 부제 왜 홍익하는 사람이어야 하는가?'
   책표지 및 서문 발췌   1부
1. 탄원서(증인 손나영)   1통

XXXX. X. X.

피고인의 변호인

변호사 박기영

B지방법원 형사3부 귀중

변론요지서의 작성을 마친 기영은 한동안 그대로 멍하니 앉아 있었다. 그 동안 준하의 다수의 논문과 저서를 탐독하고, 두터운 수사기록과 공판기록에 나타난 증거와 씨름하느라 꼬박 일주일 동안을 씨름했었다. 이제 기영이 준하를 위해 해줄 수 있는 것은 아무 것도 없다. 그 동안 준하의 사상을 알 수 있는 다수의 논문과 저서를 탐독했지만, 준하가 그의 신념을 송두리째 바치고 있는 이화세계의 실체를 알기는 어려웠다.

이화세계는 어떤 세상일까. 문득 오전에 기영을 방문했던 김경환 장로와 김우열을 떠올렸다. 그들은 준하를 용서한다고 했다. 아니 그들이 오히려 준하에게 용서를 빈다고 했다. 그런데 그들과 같은 피를 타고 태어난 김인환은 어떤가. 같은 유전인자를 받아 태어난 사람들인데 의식이 그렇게도 다를 수 있는가….

기영은 형사정책에서의 생래적 범죄인설[3]을 되새겨 보았다.

용훈은 준하에게 사형을 구형하였다. 그것은 준하가 그의 친구였기 때문에 더욱 엄격한 법의식의 잣대로써 그렇게 했을 것이다. 그렇게 하기까지 용훈이 겪어야 했을 심적 고통과 갈등은 충분히 이해할 수 있다.

---

3) 이탈리아의 의사이자 형사정책학자인 롬브로조의 학설이다. 그는 이탈리아의 교도소에 수감된 범죄인을 대상으로 신체적 특성을 연구한 결과, 특별한 유형의 신체적 특성을 가진 사람은 생래적으로 범죄인의 기질을 가진다는 생래적 범죄인설을 주창하였다. 이러한 생래적 범죄인은 교화가 불가능하므로 종국적으로 사회와 격리시켜야 한다는 학설이다. 이 학설은 근대 형사정책에서의 사형제도의 이론적 근거가 되었다.

그러나 그 어느 누가 인간의 고귀한 생명을 함부로 재단할 수 있다는 말인가. 비록 그것이 법의 이름을 빌렸다고 할지라도….

더구나 준하는 생래적 범죄인의 범주에는 결코 속하지 않을 그런 사람이 아닌가. 어쩌면 준하에게 사형의 구형은 아무런 의미가 없을 것이다. 그의 육체는 법의 잣대에 의해 철저하게 유린되어 버렸지만, 그의 정신은 그가 말하는 신성의 잣대, 보다 근원적인 신성의 빛에 견고한 뿌리를 박고 있다.

많은 법률 지식과 권력을 지녔으면서도 이를 오용하고자 했던 김인환의 독선, 남을 파멸시키면서까지 권력을 추구하였던 정해현의 욕망, 반면 이에 저항하면서도 끝까지 이들에 대한 연민의 끈을 놓지 않으려고 했던 준하의 의식과 피해자의 유족이면서도 오히려 가해자인 준하의 용서를 구하는 김경환의 태도는 이들이 각자의 내면에 존재하는 신성의 빛을 인식하였느냐, 그렇지 않느냐에 근본적인 차이가 있는 것이다.

그렇다면 범죄예방을 위한 형사정책으로써 이러한 신성의 논리를 체계적 교화수단으로 이론화시킬 수는 없을까. 이를 범죄예방을 위한 방법적 교육프로그램으로 체계화시킬 수는 없을까.

기영이 변론요지서 말미에 언급한 사실이지만, 준하는 법정최후진술에서 돌아간다고 했다. 그가 태어나고 자란 이 땅의 모든 것을 그의 영혼 속에 간직하고 돌아간다고 했다. 돌아가서 그의 생이 정말 아름다웠다고 말할 것이라 했다.

그에게는 용훈의 사형구형은 아무런 의미가 없을지도 모른다. 혹시 그가 홍한일 박사의 전철을 밟을 준비를 하고 있지는 않을까. 준하의 생명은 기영과 용훈이 벌인 실정법의 공방에 의해 재단되고 있는 것이 아니라, 그 자신이 스스로 설정한 신성의 빛에 의해 재단되고 있을지도 모른다. 문제는 준하가 느끼는 그 신성의 빛의 진로와 정도를 모르고 있다는 데 있다. 기영이 이제까지 공들여 작성한 변론요지서도 준하의 그러한 내면세계에 비추어 아무런 의미가 없을지도 모른다.

기영은 조바심이 났다. 시계를 보았다. 아직 준하를 접견할 수 있는 시간적인 여유는 있었다.

– 사무장님, 이 변론요지서를 법원에 제출해 주시고, 김준하의 접견 신청을 해 주십시오.

선고 일주일 전.

– 변호사님, 피고인이 여전히 접견을 거부합니다.

선고 사흘 전.

– 변호사님, 피고인이 오늘도 접견을 거부합니다.

선고 이틀 전.

– 변호사님, 피고인이 만나지 않겠다고 합니다.

선고 하루 전, 17:00

– 하지 않아도 될 수고를 하고 있구나.

– 선고 전에 꼭 만나 전해야 할 말이 있어.

– 꼭이라는 말은 시간의 흐름 앞에서는 아무런 의미를 갖지 않아.

– 김인환의 동생이라는 김경환이라는 사람과 아들이라는 김우열이라는 사람이 찾아왔었어.

– 그 분들은 신성의 빛 속에서 사는 사람들이야. 네가 말하지 않아도 그분들의 용서는 이미 받았어. 나도 그 분들을 이미 용서했고.

– 그 분들이 면회를 왔었던 거니?

– 너의 접견을 거부한 나야.

– 그 분들이 너의 구명을 탄원하는 탄원서를 제출했어. 정상이 참작되어 최악의 경우만은 피할 수 있게 되었어. 그러니 딴 생각하면 안 돼.

– 내가 용훈의 사형구형을 두려워했을 것 같니? 내가 행여 판사로부터 사형선고를 받지 않을까 두려워할 것 같니? 아니야. 내가 말하지 않던? 이제는 어느 누구도 나를 심판할 수 없다고. 이제는 내가 그들을 심판한다고.

– 하지만 내일 열시면 모든 것이 끝나. 행여 네가 항소를 하는 경우가 생기더라도 이제는 더 이상 네 변호를 하지 못할 것 같아. 미안해.

– 이제까지 한 일만 해도 너는 많은 애를 썼어. 그리고 이젠 네가 나를 변호할 일도 남아 있지 않고, 앞으로도 생기지 않을 거야. 참, 그리고 용훈이에게도 내가 고마워한다고 전해라. 너와 용훈이는 이제까지의 굿판에서 훌륭히 장단을 맞춰 주었어.

– 좀 진지해지면 안 되겠니? 법정은 네가 펼치는 굿판이 아니야. 신성한 곳이라고. 아니, 그만두자. 지금 이제 와서 그것을 따져 무얼 하겠

니? 만족할지는 모르겠지만 내가 너를 위해 한 마지막 일이야. 변론요
지서. 한번 읽기라도 해주길 바래.

접견실의 창문 밖으로 보이는 아름드리 히말라야시다는 여전히 푸
르고 울창했다. 그날 대장의 면회를 마치고 나오는 날, 저 히말라야시
다 아래를 걸어 나오며 소녀는 말했었다.

'먼저 나를 용서하고, 나를 이렇게 만든 사람을 용서하고, 그런 사
람들이 사는 세상을 용서하도록 해봐. 그런 사람들이 사는 세상을 연
민의 눈으로 바라봐. 그러면 오빠의 영혼에서 샘솟듯 흘러넘치는 하느
님의 사랑을 느끼게 될 테니까.'

그런데 그때의 그 사람이 지금도 똑같은 장소에 갇혀 있다.

─ 애를 많이 썼구나. 그러나 괜한 일에 애를 썼다고 하면 너는 화를
내겠지? 내가 조금 전에도 말하지 않던. 나는 심판을 받지 않는다고.
어느 누구도 나를 심판하지 못한다고. 심판을 받지 않을 사람에게 변
론요지서가 무슨 필요가 있겠니?

─ 너의 참담한 심정은 이해해. 그러나 현실을 받아들여. 그런다고
상황이 바뀌는 것은 아니야. 이건 어쩔 수 없는 일이라고. 내일이면 모
든 것이 끝나.

─ 끝난다고? 아니야. 마지막 살풀이춤이 아직 남아 있어. 그만 나가
볼게.

─ 살풀이춤? 준하야! 행여 너 딴 생각하고 있는 건 아니지? 우리들
은 모두 너를 사랑해. 사랑하는 사람을 남겨놓고 가는 것은 네가 말하

는 신성의 빛을 거역하는 일이야! 절대 딴 생각하지 마!

애원하는 기영의 목소리가 떨려 나왔다. 그러나 정작 하고 싶은 말은 목구멍에 걸려 끝내 나오지 않았다. 접견실을 나온 기영은 언젠가 소녀와 함께 걸어 나왔던 히말라야시다 아래를 천천히 걸어 나왔다. 그때까지 목구멍에 걸려 나오지 않았던 마지막 말을 속으로 삼켰다.

'너를 사랑했던 그 맑은 영혼을 가진 그 소녀가 어디에선가 너를 지켜보고 있어.'

마지막 정보

선고일 하루 전, 23:20
호텔 크라운 804호실

　사내가 열린 창문으로 불어오는 차가운 바닷바람을 깊숙이 들여 마셨다. 사내는 호텔에서는 어울리지 않게 검은 안경에 수술용 고무장갑을 끼고 있었다. 사내의 머리카락은 어깨까지 닿을 정도로 길게 자라 있었다. 그때 사내의 손에 들린 휴대전화에 문자메시지가 들어왔다는 신호가 깜빡거렸다. 사내가 폴더를 열었다. 휴대전화의 전광판에는 단지 ! 표시가 들어와 있을 뿐이었다. 그 표시를 보고는 사내는 천천히 방문을 나섰다. 호텔의 복도에는 아무도 보이지 않았다. 복도를 걸어간 사내는 엘리베이터를 타지 않고 비상계단을 걸어 호텔 지하의 주차장으로 갔다.

사내의 차는 어느덧 호텔을 벗어나 굽이치는 해안도로를 달리고 있었다.

선고일 하루 전, 23:40분
B시 ○○동 H아파트 106호

사내의 차가 H아파트 106호 입구에 멈췄다. 사내가 아파트의 주차구역에 주차하지도 않은 채 곧바로 차에서 내려 106호의 벨을 세 번 눌렀다. 문이 열리고 사내는 아파트로 들어갔다. 여자가 사내를 맞아 안방으로 인도했다. 안방의 침대 위에는 사내를 닮은 또 다른 사내가 누워 있었다. 사내가 침대 위의 사내의 팔을 어깨위로 올려 일으켜 세우더니 부축해 방을 나섰다. 여자가 먼저 밖으로 나가 사내가 타고 온 차의 문을 열었다. 차가 출발하는 것을 본 여자는 아파트 안으로 도로 들어갔다. 차가 아파트를 빠져나갔다.

사내의 차는 어느덧 호텔 크라운으로 가는 해안도로를 달리고 있었다.

선고일 00:00
호텔 크라운 지하3층 주차장

사내의 차가 엘리베이터를 탈 수 있는 가장 가까운 주차구역에 도착했다. 주차장에 아무도 없는 것을 확인한 사내가 차에서 내렸다. 사내가 엘리베이터로 가 버튼을 눌렀다. 사내가 다시 차로 돌아와 뒷좌석에 쓰러져 있는 사내를 부축하여 엘리베이터로 갔다. 사내가 당도하자 미리 눌러놓은 엘리베이터가 도착하며 문이 열렸다. 축 늘어진 사내를 부축한 사내의 모습이 엘리베이터 안으로 사라졌다. 8층에서 멈춘 엘리베이터에서 축 늘어진 사내를 부축한 사내가 나타났다. 두 사람의 모습이 804호실의 문 안으로 사라졌다.

선고일 00:10

호텔 크라운 804호실

사내가 호텔의 응접용 탁자 위에 놓인 서류가방을 열었다. 사내가 가방 속에서 주사기 하나를 꺼냈다. 그 주사기에는 이미 주사액이 채워져 있었다. 사내가 이미 호텔 침대에 눕혀놓은 사내의 왼팔을 들어 올려 팔뚝에 주사기를 꽂았다. 주사액이 천천히 팔뚝으로 스며들었다. 그러나 침대에 누워있는 사내는 의식이 없는 듯 꼼짝도 하지 않았다. 사내가 주사기를 다시 가방에 넣었다.

선고일 00:20

호텔 크라운 804호실

사내가 호텔의 욕실로 들어가 욕조의 수도꼭지를 열었다. 욕조에 물이 차기 시작했다. 사내는 물을 그대로 틀어 놓은 채 다시 밖으로 나왔다. 사내가 응접탁자 위에 놓인 또 하나의 가방을 열고 노트북을 꺼냈다. 사내가 침대 위에 누워있는 사내를 안아 소파로 데리고 가 앉혔다. 사내가 노트북을 의식이 없는 사내의 무릎위에 놓고 노트북을 열었다. 사내가 사내의 등 뒤로 돌아가더니 노트북을 켜고, 의식이 없는 사내의 손가락을 잡아 노트북의 자판을 두드리기 시작했다. 사내가 노트북의 자판을 두드릴 때마다 화면에 글자가 하나씩 나타났다.

선고일 00:30
호텔 크라운 804호실

사내가 켜진 노트북을 탁자위에 놓고 소파에 앉은 사내의 옷을 벗기기 시작했다. 사내의 옷을 모두 벗긴 사내가 옷을 옷장의 옷걸이에 단정하게 걸었다. 사내가 옷이 벗겨진 채 의식이 없는 사내를 일으켜 세웠다. 사내가 사내의 팔을 어깨위로 돌려 부축하여 욕실로 끌고 갔다. 욕조는 물이 삼분의 이 가량 채워져 있었다. 사내가 수도꼭지를 잠갔다. 사내가 사내를 욕조에 담갔다. 사내의 몸이 욕조에 담기자 물은 곧 욕조 밖으로 넘칠 듯이 찰랑거렸다. 사내가 다시 욕실에서 나와 탁자위에 놓인 가방 속에서 주사기와 캡이 달린 면도날을 꺼냈다. 사내가 그것을 들고 다시 욕실로 갔다. 사내가 주사기를 들고 욕조에 담긴 사내의 오른손 검지와 중지 사이에 주사기를 끼우고 엄지를 주사기의 머리위에 얹었다. 사내가 사내의 오른손을 잡고 엄지손가락을 사내의 엄지손가락 위에 얹었다. 사내가 엄지손가락에 힘을 주어 의식이 없는 사내의 엄지손가락의 주사기를 눌렀다. 주사기가 완전히 눌려졌다. 사내가 주사기를 욕조의 바깥 바닥에 떨어뜨렸다. 사내가 면도날을 사내의 오른손 엄지와 검지, 중지를 붙인 손가락 사이에 끼웠다. 사내의 왼손이 욕조에 담긴 사내의 왼팔을 들었다. 사내가 사내의 오른 손등을 감싸 쥐면서 엄지와 검지, 중지를 같은 손가락으로 단단하게 부여잡았다. 사내가 면도날로 사내의 왼 팔목의 동맥을 깊게 절단하였다. 사내

는 피가 흐르는 사내의 왼손을 욕조 속에 담갔다. 사내는 면도날을 욕
조 안으로 떨어뜨렸다. 욕조는 이내 빨간 피로 물들기 시작했다. 사내
가 욕실 밖으로 나왔다.

선고일 00:40
호텔 크라운 804호실

사내가 가방을 다시 열었다. 사내가 가방에서 수건뭉치 하나를 꺼냈
다. 사내가 그것을 풀기 시작했다. 수건 속에서 피가 응고된 면장갑과
망치가 나왔다. 사내가 수건과 함께 면장갑과 망치를 탁자 위에 놓았
다. 사내가 다시 가방에서 하얀 사각봉투 하나를 꺼냈다. 사내가 봉투
속에서 사진 한 장을 꺼냈다. 사내가 봉투를 탁자 위에 놓고 사진을 봉
투 위에 놓았다. 사내가 다시 가방에서 소형녹음기를 꺼내어 사진 위
에 놓았다.

선고일 01:00
호텔 크라운 804호실

사내가 다시 욕실로 들어갔다. 욕조는 붉은 핏물로 가득 차 있었다.
사내가 사내의 오른손 팔을 들어 올려 손목의 맥을 짚었다. 사내가 사
내의 코앞에 바짝 얼굴을 들이밀었다. 맥과 호흡이 완전히 끊긴 것을
확인한 사내가 호주머니에서 휴대전화를 꺼냈다. 사내가 휴대전화의
번호를 누른 후 곧 호흡이 멎을 듯 힘겨운 발음으로 말했다.

– 마지막 정보, 호텔 크라운 804호

사내가 욕조에 담긴 사내의 왼손을 수건으로 깨끗하게 닦아 휴대전화를 쥐게 했다. 사내가 사내의 손을 놓았다. 사내의 손이 다시 욕조에 빠지면서 휴대전화가 욕조에 빠졌다.

선고일 01:05
호텔 크라운 804호실

사내가 다시 욕실에서 나왔다. 사내가 도어의 잠금장치를 하고는 문을 열고 나갔다.

선고일 01:08
호텔 크라운 로비

일층 엘리베이터에서 사내가 나왔다. 사내가 호텔의 로비를 가로질러 걸어갔다.

– 안녕히 가십시오.

일층 로비 체크인 카운터에 있던 신경민이 큰 소리로 사내에게 인사를 했다. 사내가 왼손의 엄지와 검지로 동그라미를 만들어 신경민에게 들어 보였다. 신경민이 빙긋 미소를 지으며 고개를 끄덕였다.

선고일 01:10
호텔 크라운 지하 3층 주차장

사내가 차의 시동을 걸었다. 사내의 차가 주차장을 천천히 빠져나갔다.

선고일 01:30

호텔 크라운에서 시내로 들어가는 해안도로변 공터

사내가 차의 시동을 끄고 차에서 내렸다. 사내가 그때까지 끼고 있던 수술용 고무장갑을 벗어 호주머니에 넣었다. 도로 아래에서 바위에 부딪히는 파도소리가 들렸다. 사내가 끼고 있던 검은 안경을 벗었다. 사내가 머리카락을 잡아 당겼다. 사내의 머리를 감싸고 있던 긴 장발의 가발이 떨어져 나왔다. 구름에 가려 있던 달이 나타났다. 사내의 얼굴이 달빛에 드러났다. 사내의 얼굴은 KNB방송국 보도부장 유철주의 모습이었다.

유철주가 다시 차에 올랐다. 막 시동을 켜려는 순간, 맞은편 차선에서 빠른 속도로 다가오고 있는 차의 전조등 불빛이 보였다. 그 차가 유철주의 차를 빠르게 스치고 지나갔다. 그 차는 KNB방송국 보도국의 취재차량이었다.

선고일 01:45

호텔 크라운 로비

- 804호실, 투숙객이 누굽니까?

정시영 기자가 호텔 로비의 카운터에 있는 여직원에게 따지듯이 물었다.

- 왜 그러시는데요?

여직원이 정시영 기자 뒤, 무거운 카메라를 어깨위에 올려놓은 카메라맨을 보고 겁먹은 목소리로 물었다.

- 804호실의 보조키 있지요? 빨리 804호실로 갑시다.

선고일 01:50
호텔 크라운 804호실

정시영 기자가 여직원으로부터 받은 보조키로 804호실의 문을 열었다. 방안은 조용했다. 카메라맨이 방안의 모습을 찬찬히 카메라에 담기 시작했다. 카메라가 응접용 탁자위에 놓인 물건에 초점을 맞췄다. 탁자 위 수건 위에 놓인, 응고된 피가 묻은 망치와 장갑이 카메라에 잡혔다. 하얀 사각 봉투 위에 놓인 사진과 소형녹음기가 잡혔다. 켜진 채로 있는 노트북의 화면이 잡혔다.

정시영 기자가 욕실의 문을 열었다. 붉은 핏물로 가득 찬 욕조 속에 사내의 시신이 잠겨 있었다. 정시영 기자의 뒤를 따라 들어온 카메라맨이 욕조 속에 죽어 있는 사내의 모습을 카메라에 담기 시작했다.

카메라의 화면에 정시영 기자의 얼굴이 나타났다.

정시영 기자가 마이크를 잡았다.

- 여기는 B시 ○○동에 위치한 호텔 크라운 804호실입니다. 김인환 당선자의 피살과 관련하여 유력한 용의자로 지목되었던 국회의원 정해현 의원의 전보좌관 최경호의 시신이 김인환 당선자가 살해되었던 바로 이곳, 호텔 크라운 804호실에서 발견되었습니다. 지금 보시는 화면은 804호실의 전경입니다.

화면이 바뀌고 최경호의 시신이 잠겨 있는 욕조의 정경이 나타났다.

붉은 핏물 속 욕조의 정경이 고스란히 카메라에 잡혔다.

정시영 기자의 멘트가 다시 이어졌다.

- 지금 보시는 화면은 최경호의 시신이 발견된 호텔 크라운 804호실의 욕실입니다. 보시는 바와 같이 최경호의 시신은 핏물이 가득 찬 욕조에 잠겨 있습니다.

다시 화면이 바뀌고 실내의 정경이 나타났다.

정시영 기자의 멘트가 다시 이어졌다.

- 보시는 바와 같이 이 곳 804호실의 응접용 탁자 위에는 컴퓨터 노트북이 놓여 있습니다. 그리고 그 옆에는 망치와 피 묻은 면장갑과 수건이 있고, 그 옆에 놓인 소형녹음기 아래에는 사진 한 장이 놓여 있습니다. 여기에서 잠깐 이 사진이 어떤 사진인지를 보도록 하겠습니다.

면장갑을 낀 정시영 기자의 손이 사진을 집어 들었다.

카메라가 사진에 초점을 맞췄다.

정시영 기자의 멘트가 이어졌다.

- 보시는 바와 같이 이 사진은 오늘 김인환 당선자의 살해혐의로 선고를 앞두고 있는 박형기의 사진입니다. 이 사진은 쓰러져 있는 김인환 곁에서 범행도구로 보이는 칼을 들고 있는 박형기의 모습입니다.

카메라가 다시 녹음기를 비췄다.

정시영 기자의 멘트가 이어졌다.

– 보시는 화면은 녹음기입니다. 여기에서 이 녹음기에 어떤 내용이 녹음되어 있는지 보도록 하겠습니다.

정시영 기자가 녹음기의 재생버턴을 눌렀다.

정시영 기자가 마이크를 녹음기에 갖다 대었다.

녹음기에서 탁하고 화난 음성이 흘러나왔다.

– 최경호입니다.

– 무슨 일이야?

– 작업에 착수하겠습니다. 처치해 버리겠습니다.

– 그래, 자식아. 죽여 버려. 반드시 죽여 버려! 그 버러지 같은 인간, 그 인간이 나 대신 의원이 되는 것을 내가 어떻게 보고 있어. 내 자리를 빼앗아간 그 인간! 없애 버려!

– 알겠습니다.

잠시 끊어졌던 녹음기에서 다시 소리가 흘러나왔다.

– 나. 경호다. 씨팔. 그래 내가 니 시키는 대로 김인환의 목을 따놓았다. 이제 속이 시원하냐? 씨팔.

– 그래? 김인환의 목줄을 끊었다는 말이지? 정말, 수고하셨소. 최 보좌관님, 정말 장한 일을 했소.

소리가 멈췄다.

– 카메라, 여기를 비춰 주세요.

정시영 기자가 탁자위의 노트북을 가리키며 말했다.

카메라가 노트북에 초점을 맞췄다.

정시영 기자의 멘트가 이어졌다.

– 보시는 화면은 컴퓨터 노트북입니다. 지금 노트북은 켜진 채로 화면이 나타나 있습니다. 본 기자가 화면에 나타난 글의 전문을 읽어보겠습니다.

카메라가 노트북의 화면에 초점을 맞췄다.

정시영 기자가 화면에 나타난 글을 읽어가기 시작했다.

– 양심선언, 나는 죽음으로 죄 값을 치르고자 합니다. 김인환은 나와 박형기가 죽였습니다. 선거에 지자 정해현은 김인환을 죽이라고 했습니다. 그래서 내가 망치로 머리를 때리고 박형기가 칼로 목을 베었습니다. 고 홍한일 박사님 사건도 정해현이 공천을 받기 위하여 조작한 것입니다. 정해현은 죽어 마땅한 인간입니다. 이제 저는 죽음으로 홍한일 박사님과 모든 사람들에게 용서를 구하고자 합니다. 죽음이 두려워 수면제를 먹고 마약을 맞았습니다. 저는 곧 죽음 앞에 와 있습니다. 제가 김인환을 살해한 바로 이 장소에서 죽음으로써 그 동안에 제가 저지른 모든 죄가 씻어지기를 바랄 뿐입니다. 용서해 주십시오. 최경호 드림.

선고일 02:10

호텔 크라운 804호실

- 현장을 통제해.

도어의 문이 열리며 카랑카랑한 김용훈 검사의 목소리가 울려 퍼졌다. 박경일 경위와 최수환 경위가 나타나 정시영 기자와 카메라 기사를 밖으로 쫓아냈다.

선고일 09:20

변호사 박기영 법률사무소

- 곽형일 판사님 계시면 부탁드립니다.

- 예, 곽형일 판사입니다.

- 판사님, 오늘 선고가 있는 피고인 김준하의 변호인 박기영 변호사입니다. 이미 보도를 보셨겠지만, 오늘 선고를 연기하여 주시기 바랍니다.

- 변호인의 뜻은 알겠습니다. 그러나 선고 여부는 재판부가 결정할 일입니다.

선고일 10:00

B지방법원 제507호 형사법정

- 모두 일어서 주십시오.

- ××××고합1279 살인, 피고인 김준하, 박형기

- 예, 예.

- 선고하겠습니다. 먼저 피고인 박형기.

- 예.

- 피고인은 무죄를 항변하고 있으나 검사가 제출한 증거 및 이 법정에서 나타난 증거에 의하면 피고인의 유죄는 인정됩니다. 특히 피고인의 범행이 피해자의 목을 절단하는 잔혹한 수법에 의한 점을 이 법원은 고려합니다. 또한 피고인이 십억 원이라는 거액을 받고 범행에 가담한 점, 범행이 발각되기 전 피고인이 미국으로 도주하고자 했던 사정을 이 법원은 특별히 주목합니다. 또한 이 법원에 증거로 제출된 것은 아니지만, 이미 보도된 공지의 사실에 비추어 보아도 피고인은 유죄라는 사실을 이 법원은 인정할 수밖에 없습니다.

이에 본 법정은 피고인 박형기를 징역 15년에 처한다.

다음으로 피고인 김준하….

곽 판사가 잠시 말을 멈추고 유리컵의 물을 마셨다. 곽 판사가 다시 마이크를 잡았다.

준하는 말했었다.

어느 누구도 나를 심판할 수 없다고. 이제부터는 내가 그들을 심판할 것이라고.

그러나 이러한 준하의 공언은 현실 앞에는 무력하다. 이제 준하도 어쩔 수 없이 현실을 인정할 수밖에 없을 것이다. 선고의 내용이 무죄이든, 유죄이든 이제 그는 어쩔 수 없이 곽 판사의 심판을 받아야 한다. 그도 법 현실 앞에는 어쩔 수 없는 일이 아닌가. 그를 탓하지 말자. 설사 그에게 유죄의 선고가 내리더라도 담담하게 받아들이자. 그의 말대로 신명나는 한 판 굿이었으니까.

– 피고인 김준하.

– 예.

– 잠깐만요, 재판장님!

곽 판사, 배석판사, 입회서기, 기영, 방청석의 모든 사람들의 시선이 일제히 소리가 들린 곳으로 향했다. 법관출입문을 통하여 법원 직원으로 보이는 남자 한 사람이 황급히 들어오고 있었다. 그 남자가 들어와 입회서기에게 서류 한 장을 건넸다. 입회서기가 그 서류를 곽 판사에게 주었다. 그 서류를 살펴본 곽 판사가 다시 마이크를 잡았다.

– 피고인 김준하에 대하여는 방금 검사의 공소취소서가 이 법원에 접수되었습니다. 따라서 본 재판부는 피고인 김준하에 대하여 재판권이 없습니다. 피고인 김준하에 대하여는 본 재판부의 공소기각 결정이 있을 것입니다.[4]

이상 선고를 마치겠습니다.

---

4) 형사소송법 제255조는 공소는 제1심 판결의 선고 전까지 취소할 수 있다고 정하고 있다. 이러한 공소취소에 대하여 형사소송법 제328조는 판결이 아닌 결정으로 공소를 기각하여야 한다고 정하고 있다.

선고일 17:00

여의도 국회의사당 국회의장실 앞

– 여기는 현재 제 ×××회 임시국회가 열리고 있는 여의도 국회의사당 앞에 마련된 KNB방송 보도국 임시취재본부입니다. 헌정 사상 초유의 현역 국회의원의 살인교사 혐의에 대하여 체포동의안이 발부된 가운데 이제 조금 있으면 국회의원 정해현 의원에 대한 체포동의안이 상정될 것으로 보입니다. 국회의사당 내 국회의장실 앞에 나가 있는 정시영 기자를 불러보겠습니다. 정시영 기자 나와 주세요.

– 예, 여기는 여의도 국회의사당 내의 국회의장실 앞입니다.

– 정시영 기자, 곧 정해현 의원에 대한 체포동의안이 상정될 것으로 보이는데요. 당사자인 정해현 의원은 현재 어디에 있는지 궁금합니다.

– 예. 현재 정해현 의원은 이곳 국회의장실에 머물면서 자신에 대한 체포동의안의 가결 여부를 초조하게 기다리고 있습니다.

– 정작 당사자인 정해현 의원은 자신에게 씌워진 혐의에 대하여 어떤 태도를 취하고 있는가요?

– 현재 정해현 의원이 머물고 있는 국회의장실에는 보도진의 출입을 차단하고 있어 접근이 불가능한 상태입니다. 그러나 정해현 의원은 오늘 새벽 시신으로 발견된 전보좌관 최경호가 자살할 이유가 없으며, 최경호는 누군가에 의하여 타살된 것이고, 자기에게 씌워진 혐의는 누군가의 음모에 의한 누명이라고 항변하고 있다고 합니다.

– 정시영 기자. 오늘 정해현 의원에 대한 체포동의안이 상정되기까지의 경위에 대하여 정리해 주시겠습니까?

– 예, 오늘 정해현 의원에 대한 체포동의안이 발부되게 된 계기가 된 김인환 피살사건과 관련하여, 저희 KNB방송 보도국이 '마지막 정보, 호텔 크라운 804호'라는 이미 보도해 드린 음성메시지를 받은 시점이 오늘 새벽 두시 경이었습니다. 이에 저희 KNB방송 취재진은 즉각 이 음성메시지가 지적한 호텔 크라운 804호실로 갔습니다. 그런데 이곳에서 본 취재진이 최초로 최경호의 시신을 발견했던 것입니다. 또한 저희 취재진은 오늘 여러 차례 보도된 바와 같이 이곳에서 최경호가 죽기 직전 작성한 양심선언문과 최경호가 김인환을 살해하는 데 사용한 범행 도구 등을 발견하였고, 특히 현재 정해현 의원의 체포동의안 상정의 결정적 계기가 된 정해현 의원이 김인환을 살해하도록 지시하는 음성이 녹음된 녹음테이프를 단독으로 입수하여 보도하였던 것입니다.

– 정시영 기자, 이와 같이 오늘 체포동의안이 상정되기까지는 저희 KNB방송 취재진의 신속 정확한 보도가 결정적으로 작용한 것으로 보이는데요, 저희 KNB방송의 보도 이후 검찰이 취한 조치를 정리해 주시겠습니까?

– 예, 저희 KNB방송 취재진의 보도 이후 검찰은 현장에서 발견된 증거들이 조작된 것이 아닌가 하는 의문을 가지고 밤을 새워 그 분석작업을 하였다고 합니다. 그러나 현장에서 발견된 노트북이나 휴대전화 등 증거가 최경호가 사망하기 전 평소 사용하던 것임이 밝혀지고, 김인환 피살 사건의 공판과정에서 쟁점이 되었던 범행도구로 사용된 망치가 발견됨에 따라 일단 최경호의 죽음을 자살로 추정하게 되었다

고 합니다. 그리하여 검찰은 공교롭게도 김인환의 살해혐의로 기소되어 오늘 선고가 예정되어 있던 피고인 김준하에 대한 공소를 서둘러 취소하고, 현장에서 발견된 증거에 따라 진범인 최경호에게 살인을 하도록 교사한 정해현 의원에 대하여 체포동의안을 발부하게 되었다고 합니다.

－ 정시영 기자, 이 체포동의안의 발부는 누가 했다고 하는가요?

－ 예, 이번 김인환 피살 사건을 담당하였던 B지방검찰청 김용훈 검사가 직접 했다고 합니다. 공교롭게도 김용훈 검사는 체포동의안의 가결 여부를 초조하게 기다리고 있는 정해현 의원과는 같은 고등학교 같은 반에서 수학한 동창이라고 합니다.

－ 정시영 기자, 현재 국회의사당의 분위기는 어떻습니까? 모든 국민들이 지켜보는 가운데 헌정 사상 초유의 현역 국회의원에 대한 국회 회기 중 체포동의안이 가결될 것 같습니까?

－ 예, 일단 이 사건이 어떤 정치적 사건이 아니라 자신의 정치적 라이벌에 대한 살인교사라는 정해현 의원 개인의 문제라는 점에서 체포동의안은 무난하게 통과되지 않을까 하는 분위기입니다. 아! 지금 체포동의안의 가결에 대비하여 정해현 의원의 신병을 인수할 수사진이 방금 도착하였습니다.

－ 정시영 기자. 지금 화면에 보이는 사람들이 신병을 인수할 수사진인가요?

－ 예, 방금 체포동의안을 발부한 김용훈 검사가 수사진과 함께 도착하여 정해현 의원이 머물고 있는 국회의장실로 들어가고 있습니다.

– 수사진이 도착하였다면 곧 체포동의안의 상정이 있겠군요?

– 예, 지금 방금 국회의장이 체포동의안을 상정하기 위하여 국회본회의장으로 향하고 있습니다. 그럼 마이크를 국회본회의장에 나가 있는 유철주 보도부장에게 넘기겠습니다.

선고일 17:30
여의도 국회의사당 국회본회의장

– 지금 저희 KNB방송 보도국은 헌정 사상 초유의 현역 국회의원에 대한 국회회기 중 체포동의안이 가결될 것인가의 여부에 대하여 생중계를 하고 있습니다. 그럼 국회본회의장에 나가 있는 유철주 보도부장을 불러 보겠습니다. 국회본회의장에 나가 있는 유철주 부장, 나와 주세요.

– 예, 여기는 국회본회의장입니다.

– 방금 국회의장이 체포동의안을 상정하기 위하여 의장실을 나섰는데요. 지금 의장님이 본회의장에 도착하였습니까?

– 예, 지금 국회의장께서 본회의장으로 들어오시고 계십시다.

선고일 17:35
여의도 국회의사당 국회본회의장

– 방금 국회의장께서 체포동의안을 상정하기 위하여 의장석에 섰습니다. 잠시 의장님의 말씀을 들어보겠습니다.

– 친애하는 국민 여러분, 그리고 동료 의원 여러분. 저는 지금 참담

한 심정으로 이 자리에 섰습니다. 우리들의 동료의원 한 분이 선거에 졌다는 이유로 당선된 후보자를 살해하도록 교사하는 사상 미증유의 일이 발생하였습니다. 국민 여러분께 부끄러울 뿐입니다. 이 자리를 빌려 국민 여러분께 삼가 사과의 말씀을 드립니다. 정해현 의원에 대한 체포동의안을 상정합니다. 의원 여러분은 동의 여부에 대하여 기표하여 주시기 바랍니다.

– 유철주 부장, 방금 체포동의안이 상정되었군요?

– 예, 그렇습니다. 지금 의원들이 본회의장에 마련된 기표소에 투표하기 위하여 이동하기 시작했습니다.

– 유철주 부장, 투표에 상당한 시간이 걸릴 것으로 예상되는데요? 결과는 언제 나올 수 있을 것으로 보입니까?

– 예, 의원들이 무사히 투표를 마치면 약 이십분 후에는 그 여부를 알 수 있을 것으로 보입니다.

– 유철주 부장, 수고했습니다. 여기에서 잠시 오늘의 이 상황에 대하여 일반 시민들은 어떻게 생각하고 있는지 서울역에 나가 있는 보도차량을 불러 보겠습니다.

선고일 18:00
여의도 국회의사당 국회본회의장

– 유철주 부장, 다시 나와 주세요?

– 예, 여기는 국회본회의장입니다.

– 체포동의안에 대한 기표가 완료되었습니까?

– 예, 조금 전 기표를 마치고 그 결과를 기다리고 있습니다. 지금 국회의장이 발표를 하기 위해 의장석으로 올라가고 있습니다.

– 정해현 의원에 대한 체포동의안의 가결 여부를 발표하겠습니다. 총 기표수 284표, 전원의 만장일치로 체포동의안이 가결되었음을 선포합니다.

선고일 18:30
여의도 국회의사당 내 국회의장실 앞

– 정시영 기자, 나와 주세요.

– 예. 여기는 국회의장실 앞입니다.

– 조금 전 여섯시에 정해현 의원의 체포동의안이 가결되었는데요. 정해현 의원에 대한 체포영장 집행준비는 어떻게 되어 가고 있습니까?

– 예. 체포동의안 가결 소식이 정해현 의원이 머물고 있는 이 곳 국회의장실에 방금 도착했습니다. 곧 체포영장 집행이 있을 것으로 보입니다. 아, 방금 의장실의 문이 열리고 체포영장을 집행하러 왔던 B지방검찰청의 김용훈 검사가 나오고, 그 뒤로 B시 중부경찰서 소속 박경일 경위와 최수환 경위의 호위를 받으며 나오는 정해현 의원의 모습이 보이고 있습니다.

선고일 18:40
변호사 박기영 법률사무소

사무실에 마련된 조그만 TV를 시청하고 있던 기영은 일어섰다.

결국 준하가 의도했던 것은 이것이었구나. 준하의 마지막 살풀이춤은 이것이었구나.

엄청난 피로감이 엄습했다.

– 먼저 나갑니다.

– 변호사님, 오늘같이 기쁜 날 그냥 갈 수 있겠습니까? 제가 소주 한 잔 사겠습니다.

점잖은 황사무장이 말했다.

기영은 천천히 머리를 흔들어 보이며 사무실을 나왔다.

이런 날, 그 소녀가 있었다면….

빛은 저울로 달 수 없다

      기영은 사무실을 휴업하고, 미국 뉴욕에 와 있었다. 준하의 사건이 종결되고 얼마 있지 않아 마침 B지방변호사협회와 뉴욕주 변호사협회가 주관하는 학술교류를 위한 이년 과정의 연구원 모집이 있었고, 여기에 기영이 자원을 했던 것이다. 기영이 여기에 자원을 한 것은 준하의 사건을 통하여 그때까지 그가 지녀온 가치관과 법률관을 다시 한 번 생각해 봐야겠다는 나름대로의 인식이 바탕이 된 것이었다. 실정법의 단순한 적용보다는 인간정신의 탐구가 선행돼야 하겠다는 반성이었다.

  준하의 사건에서 나타난 김인환의 권력을 이용한 인권유린도, 정해현의 권력을 향한 아집도, 그리고 그들에 대한 김준하의 끈질긴 저항도, 어쩌면 모두 삶에 대한 집념 그것이었다. 그런데 그 방향이 달랐다.

그 방향은 인간 내면의 고유한 인성과 가치에 기반을 둔 삶의 뿌리 쪽을 향해야 할 것인데, 그들은 각자 그 방향이 달랐던 것이다.

준하가 추구하는 홍익인간, 이화세계를 위한 신성의 빛. 그것은 기영에게는 다소 생소했다. 그러나 변론요지서를 작성하고 있던 날, 기영을 찾아온 김경환을 통하여 인간의 내면에는 보다 근원적인, 준하가 말하는 신성의 빛이 있음을 인식하기 시작했다. 김경환이 가고 난 뒤 떠올랐던 생각, 범죄예방을 위한 형사정책으로써 인간의 내면에 있는 신성의 원리를 체계적으로 이론화시켜 교화수단으로 삼을 수는 없을까. 이를 범죄예방을 위한 교육프로그램으로 체계화시킬 수는 없을까. 신성개발을 통한 교화수단으로서의 교육 프로그램의 체계화….

기영은 이를 위하여 이제까지 보아온 단순한 법률서가 아닌 서구의 인권사와 법철학, 나아가 심리학과 신학까지도 더 깊게 공부해 볼 필요성을 느끼고 있었다. 그런데 마침 변호사협회에서 경제적인 지원까지 하는 학술교류를 위한 연구원의 모집은 그에게는 더없이 좋은 기회라고 여겼던 것이다.

막상 미국에 왔지만, 기영은 여전히 서툰 언어와 생경한 문화의 차이에 적응하지 못하여 어려움을 겪고 있었다. 그래서 그 사건이 있은 후 미국으로 떠난 준하가 같은 미국 땅에 있다는 사실을 알면서도 한번 찾아볼 엄두조차 내지 못하고 있었다. 그때 준하로부터 편지 한 통을 받았다. 애리조나 주의 세도나에서 보낸 것이었다.

준하의 편지를 보자, 새삼스레 미국에 오기까지의 지난날이 떠올랐다.

　정해현의 체포동의안이 가결되기 직전, 준하는 교도소에서 출감했다. 일주일 후, 준하에게서 전화가 왔다. 홍한일 박사의 묘소를 참배하러 가는데 함께 가보지 않겠냐는 것이었다.

　홍한일 박사의 묘소는 홍익문화연구소 뒤편 산언덕에 있었다. 독립운동가의 후손답게 맑은 날이면 대마도를 바라볼 수 있는 산위에 있었다. 홍익고등학교를 대마도가 보이는 산중턱에 세웠던 고인의 평소 유지를 받들었다고 언젠가 준하가 말했었다.

　기영이 홍익문화연구소를 찾아가니, 준하는 이미 홍한일 박사의 묘소로 먼저 올라갔다고 했다. 산길을 올라 묘소에 도착했을 때, 준하와 함께 온 일행들이 기영을 기다리고 있었다. 그때, 기영은 등골이 오싹해지며 하마터면 그 자리에 주저앉아 버릴 뻔했다. 거기에는 준하와 더불어 손나영, 유지연, 신경민, 그리고 기영이 어디에서 본 듯한 낯익은 남자와 처음 보는 여자 한 사람이 있었다. 등골의 식은땀을 느끼며 그렇게 멍하니 서 있는데, 손나영이 다가와 기영의 손을 이끌었다.

　―변호사님, 어서 오세요. 그 동안 안녕하셨어요?

　아, 그랬었구나. 준하의 살풀이춤에는 이 사람들이 장단을 맞추고 있었구나…. 그런데 신경민 저 친구가 왜 여기에 있을까. 그리고 저 낯익은 남자는 누구더라…?

　참배를 마치고 모두 묘소 앞에 앉았다. 준하가 남자를 먼저 소개했다.

– KNB방송국 보도부 유철주 부장님이야. 이미 TV에서 봤겠지….

– …?

– 제 성급한 보도 때문에 박사님께서 돌아가셨습니다. 이제야 박사님께서도 제대로 눈을 감을 수 있으리라 생각합니다. 그 동안 제가 괴로워했던 죄책감에 스스로 이렇게나마 위로하고 있습니다….

유철주 부장은 담배연기를 길게 내뿜으며 한숨을 쉬었다.

아, 그래, 그랬구나.

– 안녕하세요? 홍 박사님은 저에게는 부모님 같은 분이셨습니다.

신경민이 말했다.

– 저 친구가 어렸을 적, 홍 박사님께서 고아원에서 데려다 자식처럼 돌봐주셨어.

준하가 옆에서 말했다.

– 제 가장 친한 친구입니다.

준하의 말이 끝나자. 기영이 처음 보는 여자를 손나영이 소개했다.

– 박영애라고 합니다. 저는 변호사님을 잘 알고 있어요….

여자가 인사를 했다. 박영애, 어디서 들어본 이름이었다. 어디였을까. 아, 그래, 그 여자다. 최경호는 박영애라는 이름의 통장에서 돈 천만 원을 찾아 신경민에게 주었었지….

– 한때, 나영이와 같은 감옥에서 고생했던 여자야. 저 여자 또한 김인환으로부터 심한 고문을 받은 적이 있다더군.

준하가 기영에게 속삭이듯 말했다.

그런데, 박영애는 최경호의 여자였고 유지연은 박형기의 여자였다.

기영은 다시 등줄기가 섬뜩해 왔다. 법정에서의 강성모 변호사의 추리가 맞지 않은가.

일행들이 먼저 일어나 산을 내려가고 난 후에도 무슨 생각에서인지 여전히 묘소를 지키고 있던 준하가 길게 숨을 내쉬며 말했다.

— 손나영을 통해 홍 박사님의 죽음의 진상을 알았을 때, 비록 손나영에게는 용서하라고, 그들에게 연민을 가지라고 하였지만, 정작 나 자신은 복수심에 사로잡힌 내 마음을 어떻게 주체할 수가 없었어. 온몸이 부들부들 떨리며 잠을 이룰 수 없었어. 그래서 무간암을 찾았지. 스무하루 동안을 물 한 모금 마시고 않고 하늘에 기도했어. 복수심으로 가득 차고 있는 나의 생명을 아예 거두어 달라고, 그런데도 나의 생명을 거두지 않는다면 복수가 하늘의 뜻이라고 여기겠다고. 그런데 하늘은 내 생명을 거두지 않았어. 나는 결심했어….

기영은 그때, 처음 소녀와 준하 셋이서 함께 무간암을 찾았을 때, 가물거리는 호롱불 앞에서 무간 스님이 눈을 감고 한숨을 쉬며 한 말을 떠올리고 있었다.

'네놈이 몇 번은 죽고, 몇 사람을 죽여야 제대로 된 홍익의 길을 찾을 것 같구나. 지금 네 가슴 속에는 분노가 이글거리고 있다. 네 속에 숨은 분노를 버리지 않고서는 진정한 홍익의 길을 찾을 수 없을 것이다….'

산 아래에 펼쳐진 시가지를 너머 아스라니 수평선이 가물거렸다. 한 동안 말없이 수평선에 시선을 두고 앉아 있던 준하가 일어나 다시 한 번 홍한일 박사의 무덤에 큰 절을 했다. 엎드린 준하의 어깨가 어쩐지 무거워 보였다. 절을 마치고 일어난 준하가 기영의 손을 잡았다. 그리고 말했다.

‒ 빛은 저울로 달 수 없어….

그 다음 날, 준하는 바로 미국으로 떠났다. 그러나 미국의 어디로 가는지는 말하지 않았다.

정해현은 끝까지 무죄를 주장했다. 최경호의 죽음은 자살이 아니라 타살이라 주장했고, 결코 최경호에게 살인을 교사한 적이 없다고 했다. 최경호의 죽음은 누군가의 음모, 조작이라는 것이었다.

이에 대하여 김용훈 검사는 최경호의 타살 가능성을 두고 다각도로 수사를 했다. 최경호의 양심선언에서, 죽음이 두려워 수면제와 마약을 투여했다는 구절과 관련하여, 최경호의 혈액감정을 한 결과 수면제와 필로폰 성분이 검출되었고, 욕실 바닥에서 발견된 주사기에 나 있는 지문감식에서도 최경호 본인의 지문 외에 타인의 지문이 발견되지 않았다. 욕조 바닥에서 발견된 휴대전화에서도 희미하나마 최경호의 지문이 채취되었다. 그리고 현장에서 발견된 망치에 묻은 혈흔이 김인환의 혈액성분과 동일하다는 감정결과가 나왔고, 최경호의 노트북에서 채취한 지문감식에서도 최경호 본인의 지문 외에 다른 사람의 지문이 나타나지 않았다. 김인환의 부검에서 후두부 함몰을 일으킨 약 3cm의 골절상은 현장에 있었던 망치머리의 표면적과 일치했고, 박형기가 사진에서 들고 있었던 칼은 홍익문화연구소의 연못에서 발견된 칼과 일치했다. 그리고 무엇보다 정해현의 살인교사를 밝혀주는 결정적인 증거는 녹음테이프에 수록된 음성 분석결과가 정해현 자신의 음성으로 확인된 점이었다. 여기에 수록된, 술에 취해 횡설수설하고 있는 최경호의 음성이, 그가 김인환을 살해했다는 자백을 뒷받침하고 있었다. 방송국에 보내진 음성메시지와 녹음기에 수록된 음성이 최경호의 음성인가에 대해서는, 최경호 본인이 사망한 시점에서, 음성을 분석할 비교 자료가 없었고, 설사 비교자료가 있었다고 하더라도 수록된 음성이 술에 취한 음성인데다 짧은 몇 마디뿐이었기에 분석이 어려웠을 것이다. 결국 김용훈 검사는 최경호의 죽음을 자살로 결론지었다.

정해현은 살인교사죄로 15년의 징역형을 선고받았다. 그러나 정해현의 고 홍한일 박사에 대한 행위에 대해서는 이미 공소시효가 완성되어 기소되지 않았다. 정해현이 유죄의 판결을 받고 수감된 교도소 독방은 공교롭게도 고 홍한일 박사가 수감된 곳이었다고 했다. 유죄 선고를 받고 교도소에 수감된 다음 날 아침, 정해현은 홍한일 박사가 목을 매단 그 창틀에 수의를 찢어 목을 맨 시체로 발견되었다. 정해현이 목을 매단 그날 밤, 교도소에는 고 홍한일 박사를 닮은 유령이 나타났다고 했다.

사건 발생 시점 직전, 박형기가 휴대전화로 호텔 크라운 804호로 전화를 했던 사실이 통화기록에서 추가로 발견되었다. 박형기의 항소는 기각되었다. 상고 역시 기각되었다. 상고가 확정된 그날, 박형기는 억울하다고 고함을 지르다가 교도소의 벽에 머리를 찧어 자해를 해, 정신착란을 일으켰다고 했다. 그 후 박형기가 어느 정신병원에 있는지, 어느 교도소에 수감되어 있는지 기영은 확인해 보지 않았다.

준하의 재판을 통하여 김인환의 인권유린 행위가 보도된 이후, 검찰의 밀실수사와 고문을 통한 인권유린 행위의 근절을 위한 검찰의 구체적인 지침과 방안이 발표되었다. 이와 더불어 준하와 손나영에게 고문을 한 고문기술자가 누구인가에 대한 검찰 내부의 자체 수사가 진행되었다. 이 과정에서 김인환의 변호사 사무실의 사무장이었던 오경록이 아파트 베란다에서 뛰어 내려 스스로 목숨을 끊은 것은 의외였다. 미망인의 말에 의하면, 그날 밤 베란다에서 투신하기 직전 오경록은 무엇인가 헛것을 본 듯 놀라 뒤로 물러서며 이런 말을 했다고 한다.

– 오지 마, 당신이 여기에 왜 왔어? 그건 당신이 시킨 일이잖아. 내가 하지 않았어. 고문은 당신이 시킨 일이잖아. 당신이 시켰잖아….

정해현이 스스로 목숨을 끊은 며칠 뒤, 기영과 손나영의 목숨을 앗아갈 뻔했던 송철준도 체포되었다. 그러나 그는 정해현과의 관계에 대해서는 끝까지 자백하지 않았다. 그 범행은 자신이 한 것이라고 우겼다. 유지연의 통장에 입금시킨 돈에 대해서도 그는 자백하지 않았다. 그 돈은 그가 정해현의 실질적 후원회회장으로서 지인들로부터 후원받은 자신의 돈이라고 했다. 고 홍한일 박사에 대한 행위에 대해서도 자백하지 않았고, 손나영에 대한 추행 및 폭력행위에 대해서도 시인하지 않았다. 그러나 이 부분에 대하여는 정해현과 마찬가지로 역시 공소시효의 완성으로 기소되지 않았다. 송철준이 체포된 직후 B시 중앙동의 유흥업소를 무대로 하여 활동하던 조직폭력배 '유신파' 일당은 남김없이 일망타진되었다. 이 수사 또한 김용훈 검사가 주도하였다. 송철준은 살인미수 및 범죄단체조직으로 10년의 징역형을 언도받았다.

기영이 미국으로 오기 일주일 전, 기영은 김용훈 검사를 만나 저녁을 함께 하면서 술을 마셨다.

용훈은 여전히 준하의 유죄를 확신하고 있었다. 최경호의 죽음이 타살이라는 정해현의 주장이 사실일 것이라고 믿고 있었다. 최경호의 시신이 발견된 현장의 증거들이 퍼즐 조각처럼 너무나 정교하게 잘 맞아떨어진다는 것이 그것을 증명하는 것이라고 했다. 아무리 완벽한 범행이더라도 거기에는 범인들의 작은 실수가 있게 마련인데, 그 실수를 찾아내지 못한 자신의 무능을 자책하고 있었다. 그리고 학교 다닐 때, 어느 누구에게도 수석을 빼앗겨 본 적이 없었는데, 준하에게만 한 번 빼앗겼다고 말했다. 그런데 이번에도 졌다고 했다.

이기고 지는 것이 그렇게 중요하냐고 기영이 따지자, 범인에게 지는 검사는 검사로서의 자격이 없다고 했다. 그러면서 용훈은 술기운 때문인지 사표를 쓸 것이라고 했다.

이 말에 기영은 발끈했다.

– 어느 시대를 막론하고 너같이 직업적 양심과 법의식에 투철한 검사가 있어야 해. 너는 이번 사건에서 어떤 권력의 외압에도 굴복하지 않고, 김인환과 정해현의 범죄를 밝혀내지 않았니. 김인환의 경우, 네

가 몸담고 있는 검찰의 가장 치명적인 치부가 될 수 있었는데도 말이야… 너 같은 검사는 밤바다의 등대와 같아. 나는 그렇게 생각해. 너 기억해? 고등학교 때, 준하가 그놈들의 모함에 빠져 소년원으로 가고, 정해현이 학생회장에 당선되었을 때, 어린 우리들이 다짐했던 말들을… 역사는 변하는 것이라고. 우리가 어른이 되면 밝은 세상을 만들어 보자고. 나는 지금도 그때를 기억하고 있어. 그래서 너도 나도 열심히 공부하지 않았니. 어린 우리의 말대로 역사는 변하고 있잖아. 더 밝은 세상을 위해 너는 검찰에 남아 있어야 해. 너같이 명석하고 정신이 곧은 사람이 이 사회를 이끌어 주지 않으면 누가 이끌어 주겠어? 이 세상에는 우리가 아는 법상식 이전에 정의라는 게 있는 게야…. 어쩌면 준하는 우리가 하지 못하는 일을 해냈는지도 몰라. 사표 내지마.

기영은 술기운과 홧김에 열변을 토했고, 용훈은 고개를 숙이고 있었다.

그리고 며칠 후, 기영은 미국에 가게 되었다는 인사를 하기 위해 곽형일 판사의 방에 잠시 들렀다. 그때 만약 판결을 내렸다면 김준하에게는 어떤 선고가 내려졌겠느냐고 물었다. 그러나 곽 판사는 빙긋이 웃으며 말했다.

– 법관은 오직 판결로 말할 뿐입니다….

＊　　＊　　＊

준하가 보낸 편지의 주소는 미 서부 애리조나 주 세도나로 씌어 있었다.

편지에서 세도나는 끝없이 펼쳐진 지평선에 오직 모래와 초원지대인 황량한 사막 한 가운데, 해발 1,300m에 위치한, 인구가 이만도 채 못 되는 작은 도시라고 했다. 그러나 이 세도나는 미국의 12대 관광지 중의 하나로서, 지구상에서 가장 강력한 에너지를 내뿜는 볼텍스 (Vortex) 스물한 곳 중, 다섯 곳이 이 세도나에 몰려 있다고 했다. 이 세도나의 강력한 에너지장은 근처의 다른 볼텍스에서 나오는 에너지장과 합쳐져 세도나 전 지역을 덮고 있다고 했다. 그래서 볼텍스에서 내뿜는 강력한 자기장이 세계의 그 어떤 곳보다도 가장 왕성한 지기地氣를 만들어 내고 있다고 했다. 이 때문에 세계적인 기氣수련장이 이곳에 몰려 있으며, 명상가, 심령학자, 심리학자, 예술가 등 초자연적인 힘을 믿는 사람들에겐 이곳 세도나는 영산靈山으로 불리고 있다고 했다. 미 서부가 개척되기 전, 나바호, 아파치, 수, 라코타, 카이오와 족 등 인디언의 여러 부족들은 이곳 세도나를 신성한 지역으로 여겼다고 했다. 이 도시는 도시 전체가 레드록(Redrock)이라고 불리는 붉은 암석 지대인데, 이러한 붉은 암석들의 형상이 신비롭기가 이루 말할 수 없고, 강력한 지기地氣를 내뿜고 있어 해탈을 염원하는 명상가들의 성지라고 했다.

그런데 편지의 마지막 구절이 기영의 가슴을 아프게 했다. 편지에는 이렇게 씌어 있었다.

… (중략) … 나는 지금 세도나의 시내가 한눈에 내려다보이는 붉은 바위산 위에 올라있다. 도시는 달빛에 젖어 있다. 하늘에는 그 달빛보다 더욱 푸르고 시린 달빛의 강물이 흐르고 있다. 그러나 이 푸르고 시린 달빛의 강물보다도 이곳 세도나에서 내가 흘린 참회의 눈물이 더 많을 것이다. 나는 이곳 세도나에 와서야 비로소 깨달았다. 그 시기는 내가 유일하게 신성의 빛을 잃어버렸던 시기였음을. 내가 하늘의 뜻이라고 여겼던 그 행위를 하늘은 결코 용서하지 않으리라는….

네가 이 편지를 읽고 있을 시간에는 나는 이곳 세도나를 떠나 있을 것이다. 어디로 가느냐고? 또 다른 참회의 땅을 찾아가야지. 그곳에서 병들고, 굶주리고, 억눌리고, 핍박받고, 소외당한 사람들의 신성을 밝히는 작은 손거울이라도 되고자 한다. 그래야만 내가 태어나기 이전부터 존재한 그 시원始原의, 생명의, 신성의 빛 앞에 나아갔을 때, 그나마 부끄럽지 않을 것 같다.

그리고 찍은 지 오래 돼, 그래서 색이 좀 바래진 사진 한 장이 있었다.

기영은 그 사진을 보는 순간, 가슴으로 서늘한 찬바람이 쓸어내리며 눈시울이 뜨거워지고 있었다.

그것은 젊은 수녀의 사진이었다. 그런데, 메마른 사막 위, 곧 쓰러질 것 같은 낡은 천막촌을 배경으로 기관총을 든 흑인 민병대와 영양실조로 배가 볼록하고 뼈만 앙상하게 남은 새까만 흑인 아이를 안고, 환하게 웃고 있는 사진 속의 그 수녀는 분명 소녀였다. 가지런한 이빨에 맑고 청순한 그 웃음은 옛날 그 얼굴 그대로였다. 약간 그을린 얼굴이지만 하얀 수녀 모자에 그 웃음이 오히려 더 순결하고 아름다웠다.

사진 뒤에는 '소말리아, 19××년 7월'이라고 적혀 있었다.

기영은 눈을 감았다. 눈물이 떨어졌다. 아득히, 단발머리의 하얀 소녀가 노을이 붉게 지는 강 언덕에서 손에 코스모스를 꺾어 들고 까만 스커트를 펄럭거리며 달려오고 있었다. 그렇게 환한 웃음으로 손을 흔들며 달려오고 있었다.

이 사진에 대해 준하는 아무 설명도 없었다.

에필로그

어둠에 잠긴 초원에 비가 내리고 있었다.

빛나는 갈기의 얼룩말의 발아래에는

마지막까지 그를 따라온 일행 하나가 쓰러져 있었다.

이 비가 조금만 더 일찍 내렸더라면,

그는 쓰러지지 않았을 터,

그러나 이제 그는 혼자였다.

비가 그에게는 생명을 줄 것이다.

그러나 혼자만의 삶이 무슨 의미가 있는가.

무릎을 꿇었다.

눈을 감았다.

입을 다물었다.

스스로 호흡을 멈추었다.

호흡을 하지 않는데도 가슴은 더없이 시원했다.

귀에, 그가 아주 오래 전에 들었던,

아니, 그가 태어나기 이전에 이미 들은 것 같은

노랫소리가 들렸다.

하늘이시여.

우리들이 숨 쉴 수 있는

무한한 공기를 주신 것은

당신의 특별한 은총입니다.

땅이시여.

우리들이 뛰놀고, 달릴 수 있는

더 넓은 초원을 주신 것은

당신의 풍요로운 축복입니다.

종족들이여.

내가 봉사할 수 있는 기회를 주시고

그대들이 나에게 정성을 베풀어 주신 것은

우리들의 소중한 나눔입니다.

하늘과 땅과 종족들의 사랑 속에 태어난

내 소중한 생명이여.

이제 원래 그대가 존재했던

그 시원始原의 나라로 돌아갑니다.

나의 소중한 생명이 숨 쉬고 자랐던
내 생은 정말 아름다웠습니다.
돌아가더라도,
이렇게 아름다웠던 나의 생의 얘기는
이 땅위에 소중히 기억될 것입니다.

노랫소리가 멈췄다.
비는 여전히 그의 등줄기 위에 내리고 있었다.
이미 호흡은 멎었지만,
그의 몸은 초원위에 석상처럼 굳어진 채
그대로 앉아 있었다.
이 비가 그치면 초원 위에는
또 다시 이름 모를 풀들과 꽃들과 나무들이
새로운 생명의 축복 속에 태어날 것이다.
그리고 그 속에서 또 다른 새로운 종족이 나타나
생의 환희를 즐길 것이다.　　大尾

유년의 강둑에 서서

법관은 판결로 말할 뿐이라는 이 소설 속 곽 판사의 말과 같이, 작가는 글로써 말하고 평가받으면 그것으로 족한 것이지, 별도의 작품 후기라는 것을 써서 독자들의 판단력과 상상력을 제약할 필요가 있을까. 이러한 작품 후기에 대하여 독자들이 부담을 느끼거나 꾸중을 하지는 않을까. 이와 같은 고민을 안고, 나는 지금 내 유년의 강둑에 서 있다.

강물은 소리 없이 흐르고, 강둑에는 비가 내리고 있다.

경남 창녕군 남지읍, 강마을. 내가 고향을 떠나 두 번째로 유년 시절을 보낸 곳.

이곳에서 중학 이학년을 중퇴하고 부산으로 이사를 했다.

학교를 가지 못해 잠시 방황했던 나는 낮에는 일하고 밤늦게까지 공부하다 독서실의 작은 칸막이 책상에 엎드려 잠들곤 했다. 이러한 생활 속에서 중졸 검정고시를 합격하고, 이어 고졸 검정고시에 합격했다. 대학도 검정고시가 있었으면 했다.

대학에 갈 여건이 되지 않아 어느 조선소의 현장기능공이 되었다. 그러나 독서실을 찾는 일은 잊어버리지 않았다. 작은 칸막이 책상에 앉아 문학책을 구해다 읽고 썼다. 대학에 진학하지 못한 당시의 나에게는 오로지 책 속으로의 긴 여행과 상상의 날개가 유일한 탈출구였다. '지식에 대한 탐구, 사랑에 대한 갈망, 인류의 고통에 대한 연민'으로 불면의 밤을 보낸 버트란트 러셀의 생애. 그의 자서전 서문에서 밝힌 이 말에 심취하면서 꼬박 밤을 지새우기도 했다.

그러나 그곳 조선소에서 수리 중이던 낡은 군함의 밀폐된 공간에서의 가스 폭발 사고, 이 사고로 전신 90%, 2~3도 화상을 입고 양쪽 고막이 녹아버려 3년여 동안의 병원 생활을 했다.

이러한 사회생활과 병원생활을 거친 후 만학으로 비로소 진학한 대학 및 대학원(중퇴)에서 법학을 전공하고, 법률사무소에 취직을 했다.

그러나 정작 법률사무소에서 얻은 것은 범죄를 저지르고, 소송을 하는 사람들, 조금만 더 양보하고 상대방을 배려하면 자신도, 마주한 그 타인도 행복할 수 있을 텐데, 끝까지 자기의 이기심을 관철시키고자 하는 사람들에 대한 연민과 정작 법률전문가의 도움이 필요하지만 경제적 여건이 따르지 않아 권리를 보호받지 못하고 소외당하는 사람들의 아픔이었다. 또한 이곳에서 법의 이름을 빌린 부도덕한 공권력의 모습, 단순한 법률지식을 팔아 치부를 하기에 급급한 일부 법조인들의 비도덕성, 합법을 가장한 불법성, 목적을 위해서라면 불의와도 영합하기를 마다 않는 비이성성 등 법조계의 어두운 이면도 보았다.

　법률사무소에서의 이러한 체험이 인간 본성과 법의 정신에 대한 나름의 고뇌를 가져왔고, 이러한 고뇌가 그동안 잊고 있었던 청년 시절의 문학의 세계로 나를 다시 이끌었다.

　여기 세상에 내놓는 이 부족한 소설은 유년시절의 이 강둑에서 시작되어 지금까지 내가 겪은 체험과 사람들에 대한 연민에 기댄 것이다.

　먼저 이 소설의 구성과 관련하여, 법률사무소에서 느꼈던 소외된 사람들의 아픔, 이러한 사람들을 위하여 내가 다년간 습득한 법원 실무지식을 자연스럽게 전달할 수 있는 방법은 없을까. 이러한 생각이 '사건(범죄)의 발생 → 수사 → 체포 → 기소 → 공판 → 선고'라는 일련의 과정을 거치는 형사소송 절차에 따른 이 소설의 구성을 착안하였고, 이 글 속에 융화된 피의자신문조서, 증인신문, 구속적부심사청구서, 보석허가청구서, 변론요지서 등 양식(이들 양식은 현재 법원 실무에서 그대로 적용되는 양식이다)과 내용을 통하여 행여 독자 여러분이 형사재판에서 스스로나, 아니면 주위의 다른 사람들을 변호할 수 있는 실무 지식을 자연스럽게 익힐 수 있다면, 나로서는 그만한 복이 없겠다.

다음으로 이 소설 속의 인물들과 관련하여, 당시 일본 유학을 하고, 한국전쟁 당시에는 지리산 빨치산 토벌대를 이끄셨다는 아버지, 그러나 치유할 수 없는 병으로 아내와 자식들의 고통을 지켜볼 수밖에 없었던 아버지는 소설 속 대장의 아버지로 변신하였고, 이러한 남편을 보살피면서 어린 자식들을 키우기 위하여 행상과 생선가게를 하며 평생 인고의 삶을 사셨던 어머니는, 한의 영혼을 안고 간 소설 속 대장의 어머니가 되었다.

부산으로 이사와 학교를 갈 수 없어 한때 절망에 빠져 방황하고 있을 때, 잠시 따라다니며 어울렸던, 당시 유복한 사업가의 아들이면서도 학교에는 가지 않고 소매치기를 하고, 대마초를 피우고, 술집 같은 데를 전전했던 그 형과 또래의 아이들은 소설 속 정해현과 송철준의 모습으로 성장했다.

대학에 가지 못하고 취직했던 조선소, 그곳에서 있었던 가스 폭발 사고 현장에서 보았던 한줄기 빛, 그 사고로 화상을 입고 몇 번이나 죽음의 문턱을 드나들면서 보았던 그 시원始原의, 생명生命의 빛, 그때 느꼈던 생명의 존엄성에 대한 의식이 소설 속 준하가 추구했던 신성神性의 빛으로 확장되었다.

236

대학 재학 중 한때 사법시험을 준비하면서 꿈꾸었던 내 이상적인 법조인상은 소설 속 소년, 기영과 안경, 용훈의 모습이 되었다.

졸업 후 취직한 법률사무소, 그곳에서 보았던 법조계의 어두운 이면의 군상들의 모습은 소설 속 김인환으로 나타났다.

주인공 준하, 소설 속 그의 삶은 내 체험과 상상의 원류이고, 그 의지와 정신이 추구하는 세계는 내가 지금도 소망하는 이 세상의 모습이다.

현대사의 상처로 남아 있는 민주화 과정을 지켜보면서, 독재와 불법 권력에 저항해야 한다고 속으로 외치면서도 정작 용기가 없어 앞장서지 못했던 부끄러움, 그 부끄러움과 역사에 대한 속죄의식이 소설 속 '사월의 노래'가 되었다.

지금 이 강둑길 아래, 아직도 그대로 있는 초등학교, 이 시골학교로 전학을 와 육 개월 만에 다시 부산으로 전학을 간 소녀, 아버지가 우체국장이었고 얼굴이 뽀얬던 유년의 첫사랑, 그러나 지금은 이름도 얼굴도 기억나지 않는 아련한 추억 속의 소녀, 그 소녀의 이미지와 이미 오래 전에 수녀가 되어 지친 영혼들을 위한 기도 속에서 영적 생활을 하고 계시는 작은 누님의 모습이 합성되어 소설 속 그 순수한 영혼의 소녀로 그려졌다.

유년의 첫사랑, 그 소녀를 생각하면서 감상에 젖어버린 모양이다. 강둑길을 내려가 지금은 아스팔트 포장이 된 소설 속 소년과 소녀가 자전거를 달렸던 신작로를 따라 걷는다. 빗속에 우체국이 보인다. 이제는 집으로 돌아가 사랑했고, 사랑하며, 사랑할 아내와 아이들에게 소설 속 '풀꽃' 노래를 들려주고 싶다.

남광현 선생님!

― 자네가 만약 고시에 합격하여 판, 검사가 되었더라면 이러한 소설은 쓰지 못했을 것이네. 이 소설은 우리나라 최고의 법정소설이 될 것이네. 새로운 소설의 분야를 개척한 셈이네. 구성이 너무나 치밀하여 과히 천재적이네. 자네가 고시에 합격하지 못한 것은 이 소설을 쓰게 할 것이라는 하늘의 뜻이었다고 생각하게….

부족한 이 글의 초고를 보시고 그렇게 기뻐하셨습니다.

그리고 일 년 여 동안 원고를 놓고 고심하면서 문학 전반에 걸쳐 저를 일깨워 주셨습니다. 건강하게 사시면서 오래오래 회초리를 들어 주십시오. 선생님이 아니었으면 이 글을 세상에 내놓지 못했을 것입니다.

부족한 이 글을 보시고 선뜻 출판을 해주신 세창미디어의 이방원 사장님, 편집부 직원들께도 깊은 감사를 드립니다.

2007. 늦여름, 내 유년의 강둑에서 돌아보며
임재도 씀